Paco Ignacio Taibo II
Cosa fácil

Serie Belascoarán Shayne

🌐 Planeta

© 1997, Francisco Ignacio Taibo Mahojo
© 1997, 2003, Editorial Planeta Mexicana, S.A. de C.V.
Avenida Insurgentes Sur núm. 1898, piso 11,
Colonia Florida, 01030 México D.F.

Diseño e ilustración de la cubierta: Hans Geel
Fotografía del autor: Marina Taibo
Primera edición en Colección Booket: octubre de 2003

Depósito legal: B. 40.183-2003
ISBN: 970-690-963-X
Impreso en: Litografía Rosés, S. A.
Encuadernado por: Litografía Rosés, S. A.
Printed in Spain - Impreso en España

www.editorialplaneta.com.mx

Biografía

Paco Ignacio Taibo II (1949), narrador, periodista, historiador y fundador del género neopoliciaco en América Latina, es autor de unas cincuenta obras (novelas, libros de relatos y de historia, reportajes y crónicas) publicadas en veinticuatro países y traducidas a una docena de lenguas. Algunas de sus novelas han sido mencionadas entre «los libros del año» por *The New York Times*, *Le Monde* y *Los Angeles Times*. Obtuvo el premio Planeta / Joaquín Mortiz 1992 y tres veces el premio internacional Dashiell Hammett a la mejor novela policiaca. Su biografía del *Che Guevara* (1996) lleva más de medio millón de ejemplares vendidos en todo el mundo y ganó en 1998 el premio Bancarella por ser el «libro del año» en Italia. Es también fundador y organizador de la Semana Negra de Gijón.

Para los restantes integrantes del *Full*, Toño Garst, el Biznagra; Toño Vera, el Cerebro; Paco Abardía, el Quinto, y Paco Pérez Arce, el Ceja; en memoria de aquella tarde en que en lugar de estudiar el *Qué hacer* de Lenin, nos pusimos a jugar volibol.

En esta vida,
       morir es cosa fácil
Hacer vida,
       es mucho más difícil.
           V. Maiakovsky

I

Sólo hay esperanza en la acción.

J. P. SARTRE

—OTRA MÁS, jefe —dijo Belascoarán Shayne.

Se había escurrido hasta la barra y había anclado los codos en ella desde hacía media hora. Allí, con la vista asida a ninguna parte, había dejado deslizar el tiempo interrumpiendo el trajinar ideológico con breves órdenes al cantinero. El Faro del Fin del Mundo, cantina de postín, estaba situada en el viejo casco de la ciudad feudal de Azcapotzalco, en lo que alguna vez había sido "las afueras", y hoy era un centro fabril más, con pintorescos pedazos de hacienda, panteones, iglesias de pueblo y una monstruosa refinería, orgullo de la tecnología de los cincuenta.

Apuró la coca cola con limón, y recibió el nuevo vaso. Había estado tirando el ron al suelo aserrinado de la cantina y sirviéndose la coca cola en el vaso vacío, para luego añadirle un toque ácido con el limón. Esas *cubas libres* para niño que ingería, y que constituían su bebida única desde hacía media hora, impedían que se encontrara avergonzado de no consumir licor en una cantina. Incluso hacían que se sintiera divertido con el subterfugio.

A su alrededor, una banda de pueblo se emborrachaba inmisericordemente con mezcal y tequila. Habían venido a buscar trabajo sin encontrarlo, y estaban celebrando su desventura. Entre ronda y ronda y ronda, tocaban viejas canciones, sazonándolas con trombones asmáticos y trompetas que sonaban a metales viejos.

El estruendo crecía.

Pidió otra cuba libre y repitió el proceso de arrojar el ron al piso. "Con ésta van siete" —se dijo. No sabía a ciencia cierta si estaba muerto de sed cuando entró a la cantina, o simplemente había decidido acompañar la borrachera de los músicos de pueblo. El caso es que sus cubas libres ficticias, en aquel ambiente, comenzaban a producir un efecto sicológico.

—¿Don Belascoarán? —inquirió una voz ronca en medio del bullicio.

Empinó el vaso y abandonó la barra siguiendo al hombre ronco. Caminaron sorteando músicos borrachos, prostitutas y obreros de la refinería que iniciaban el sabadazo; llegaron hasta la mesa solitaria que existía al fondo de todas las cantinas y que permanecía siempre solitaria como esperando que Pedro Infante vestido de charro la hiciera suya. El nuevo personaje se dejó caer en la silla y esperó a que Héctor hiciera lo mismo, luego se despojó del sombrero tejano y lo depositó en la silla.

—Traigo una comisión para usted. —Tenía unos cincuenta años, la cara curtida por el sol ostentaba una cicatriz de cuatro o cinco centímetros que le cruzaba la frente; mirada profunda, ojos grises en una cara noble y dura.

Héctor asintió.

—Pero antes, tengo que contarle una historia. Historia vieja es; comienza donde los libros terminaron, en la hacienda de Chinameca, con el cuerpo de Emiliano Zapata allí tendido, comido por las moscas… El cuerpo *del que pensaban era* Emiliano.

Hizo una pausa y apuró el tequila añejo.

—Pero Emiliano no fue a la hacienda; conocía a los enemigos y no les confiaba ni tantito, mandó a un compadre suyo que le insistió mucho. Pa' que se le quitara lo jodón. Ése fue el que murió baleado. Emiliano se escondió, y vio cómo la Revolución se moría… Ahora no lo hubiera hecho, pero entonces, tenía quemada la confianza… Ya no creía, ya no quería seguir… Por eso se escondió. En 1926 conoció a un joven de Nicaragua. Se encontraron trabajando en Tampico, en la Huasteca Petroleum Company. Emiliano era un hombre silencioso. No tenía lengua, la Revolución le había cortado las ganas de decir palabras, de hablar. Había cumplido cuarenta y siete años contra veintiocho del joven de Nicaragua que se llamaba Sandino. Pelearon juntos allá contra los gringos… Pelearon bien. Los trajeron jodidos un buen chingo de años. Si usted se fija, puede verlo allá, siempre en una esquinita de las fotos, como no queriendo hacerse notar, como si él no estuviera allí… Pero a las horas de los cabronazos estaba allí y estaba bien puesto. Aprendió de la Revolución, y juntó lo que había aprendido en México con lo que supo en Nicaragua. Pero Nicaragua también se acabó y Sandino quedó muerto. Las fotos quedaron allí para la historia… Por eso Emiliano regresó a México y se metió en una cueva para morirse de hambre, solo.

"Pero el pueblo le dio de comer, y así fue pasando el tiempo. Y cuando se levantó Rubén Jaramillo, don Emiliano le daba consejos. Se veían en la cueva, allí pasaban las horas… Y a Jaramillo lo asesinaron. Y don Emiliano visitó la tumba y volvió a esconderse en la cueva…

"Y ahí sigue… Ahí sigue."

El bullicio entró en la burbuja de silencio donde Belascoarán y el hombre de la cicatriz habían permanecido. La orquesta de pueblo, disminuida en tres miembros que reposaban la borrachera bajo las mesas, entraban en firme con un bolero lacrimoso en que abundaban los dolientes instrumentos de viento. Y cuanto más avanzaba la música, más serias se iban poniendo las caras, más ganaban al auditorio, compuesto en aquella hora por una docena y media de parroquianos, en su enorme mayoría trabajadores de una pequeña fundidora de la esquina. Hasta los jugadores de dominó dejaron de arrastrar las fichas y las deslizaban suavemente sobre el mármol.

—¿Qué quiere de mí? —preguntó Belascoarán Shayne, de oficio detective, hijo de una ciudad en la que Zapata nunca había podido escapar del vacío de los monumentos, del helado metal de las estatuas. De una ciudad donde el sol de Morelos no había podido romper las lluvias de septiembre—. ¿Qué quiere de mí? —preguntó Belascoarán deseando creer todo, deseando ver a aquel Zapata que tendría ahora noventa y siete años entrar galopando sobre un caballo blanco por el Periférico, llenando de balas el viento.

—¿Qué quiere de mí? —preguntó.

—Que lo encuentre —dijo el hombre de la cicatriz, y sacó una bolsa de cuero que depositó suavemente sobre la mesa.

Héctor adivinó las monedas de oro, los viejos doblones, la plata del Imperio. No tomó la bolsa y evitó mirarla. Encariñado con la historia, trataba de convertirla en una alucinación más. En una de sus tantas y mexicanísimas alucinaciones.

—Supongamos que todo lo que usted me ha contado es mentira.

—Demuéstremelo. Traiga pruebas —respondió el hombre de la cicatriz y se levantó de la mesa. Apuró ya en pie el tequila y avanzó hacia la salida.

—Nomás espéreme tantito —dijo Héctor a una puerta de vaivén que se quedó oscilando. La orquesta pueblerina terminó el bolero y se lanzó hacia la barra de la cantina.

—¡Que chingue su madre *La Quina*! —dijo un petrolero que jugaba dominó.

—¡Que la chingue! —contestaron a coro otros tres que bebían brandy en la barra.

Héctor tomó la bolsa, la puso en el bolsillo interior de la gabardina y salió a la calle. Un chaparrón cerrado que apenas dejaba ver a cinco metros le golpeó la cara, le mojó el pelo, le llenó los ojos de lluvia.

—Puta madre —musitó—. Encontrar a don Emiliano.

El ruido de la lluvia ahogó el ruido de El Faro del Fin del Mundo. Salió caminando sorteando los charcos, evadiendo las cascadas que caían de las canaletas de los edificios, huyendo, burlando, escapando de la tormenta.

En la cabeza traía el sol del estado de Morelos, el sol de Zapata.

El taxi se detuvo frente a la agencia funeraria. Las luces de neón amarillento iluminaban la calle y creaban un nicho luminoso en el que se depositaba la Agencia Herrera. La tormenta había amainado en aquella parte de la ciudad, aunque sus huellas resplandecían en los charcos saturados de reflejos. Un par de ancianos salían cuando Héctor entraba y trató de recoger algunas palabras claras en los susurros que seguían a los viejos como una cauda. En el patio dos coches fúnebres y una camioneta de una florería que desembarcaba coronas mortuorias.

—¿La sala tres? —preguntó a la recepcionista.

Siguió un par de flechas colocadas sobre pedestales metálicos para ir a dar a un salón iluminado con una luz amarillenta, donde un ataúd gris metálico, colocado sobre una gran mesa de mármol dominaba la sala aun sin quererlo, porque los presentes se habían acostumbrado a la ausencia que representaba, y hacían vida sin él.

De una sola ojeada recorrió el lugar. En la esquina opuesta a la entrada, sus tías vestidas de negro cuchicheaban. Elisa, de espaldas al ataúd, solitaria, pegada a un ventanal por el que entraba la noche, contemplaba las últimas gotas de la tormenta deslizarse por el vidrio. Carlos, su hermano permanecía sentado cerca de la entrada con la cabeza entre las manos; dos sillas más allá, la sirvienta y el jardinero de la casa de Coyoacán, de riguroso traje negro. Ante el ataúd, el abogado de la familia conversaba con el encargado de la agencia en voz tenue.

Caminó hacia el féretro en medio del silencio. Levantó la tapa y miró por última vez a su madre. La cara serena, el gesto dulce como no lo había tenido en los últimos años, el pelo gris recogido en la nuca, una mantilla española, recuerdo de aquellos años terribles, regalo de su padre, le cubría la cabeza.

—Hasta luego mamá —susurró.

Y ahora ¿qué se hace? Se llora por una mujer que es la madre de uno. Se recuerdan los momentos de cercanía, el amor. Se busca en el inconsciente, en la memoria vertebral, los días de la infancia, ¿se recorren los juegos? ¿Se esconden los malos momentos, los enfrentamientos, los regaños, la distancia enorme de los últimos años?

¿Se llora?

¿Se llora aunque sea un poco, se sacuden los sentimientos hasta que salgan las lágrimas?

O dice uno: hasta luego, da la vuelta y se va.

Y eso hizo. Cerró la tapa y salió caminando.

En el patio, mientras contemplaba la descarga de las flores del camión y encendía un cigarrillo, un par de lágrimas mancharon los ojos.

Elisa, su hermana, llegó hasta él y lo tomó del brazo. Permanecieron en silencio, sin mirarse, sin mirar a ningún lado.

Luego se sentaron en los escalones por los que la sala dos daba al patio central de la agencia funeraria. Había dejado de llover.

—El pendejo ése, abogado, quiere citarnos en su despacho mañana a las seis de la tarde, a los tres hermanos —dijo Carlos que se acercó a ellos encendiendo un cigarrillo.

—¿Fue igual cuando murió papá? —preguntó después de una pausa.

—¿No te acuerdas? —respondió Elisa.

—Qué, debería tener como seis años, ¿no?

—Más o menos… Fue peor, mucho peor. Él estaba mucho más cerca de nosotros, además éramos más chicos. Fue diferente —dijo Héctor.

—Ahora la muerte es diferente —dijo Elisa.

Héctor sintió cómo la mano que rodeaba su brazo se apretaba en torno de él.

Hasta luego mamá, pensó. Ya no más angustia del tiempo que se escapa, ya no más noches solitarias en la casa enorme y vacía de tu hombre, ya no más añoranzas de las canciones, ya no más fotos contempladas con nostalgia de cuando cantaban para los internacionales, de cuando cantabas en Nueva York folklore de tu tierra, ya no más ojos en el espejo mirando el pelo gris que algún día fue rojo brillante. Ya no más hijos incomprensibles y descarriados. La vida se jugó, fue toda tuya. Valió la pena.

¿Valió la pena?

—Mierda, la muerte. Mierda la gente que se muera así —dijo.

Se dejó caer sobre la cama deshecha. Deshecha de ayer y de anteayer, deshecha de mañana y de varios días más, hasta que el asco le impusiera la pequeña disciplina de arreglarla, de poner sábana contra sábana, de combatir las arrugas que a esas alturas se habrían vuelto inderrotables, de golpear la almohada hasta quitarle las rocas que, quién sabe gracias a qué misterioso artilugio, se habían depositado en su interior, de sacudir el polvo vetusto de la manta oaxaqueña, el único lujo permitido, la única concesión a la estética en el pequeño cuarto de paredes vacías y muebles pelones.

Colocó las manos en la sien y frotó con las yemas de los dedos la cabeza adolorida. Titubeó, se levantó, caminó perezosamente, como se camina cuando dos ideas contradictorias comparten el espacio cerebral, hasta la gabardina arrojada en un rincón. "Tírela como la tire siempre queda como un guiñapo", pensó mirando aquella prenda insustituible, amiga. Sacó del bolsillo interior el arrugado sobre que lo había acompañado a lo largo del día, que había ganado en los paseos, en la tormenta, en los abrazos de sus hermanos, nuevas muescas. Lo observó con cuidado. La dirección de la oficina escrita con una letra regular y redonda, los timbres italianos mostraban en sepia las ruinas del Coliseo. Un diseño modernista en un timbre de entrega inmediata un poco más alargado hablaba de la premura final, del deseo de que la carta pasara de mano a mano eliminando horas.

La sopesó, la abrió lentamente, y se dejó caer de nuevo en la cama.

Inicio con la esperanza de poder explicarte qué estoy haciendo aquí, y antes de haber logrado escribir la primera línea, sé que nunca nunca nunca nunca nunca podré explicar nada. ¡Como si hubiera algo que explicar! Me convenzo de que las fugas no tienen destino final, sino tan sólo lugar de origen. ¿De qué te escapas? ¿De qué me escapo? Pero cuando una se escapa de sí misma, no hay adonde ir, no hay lugar seguro, no hay escondite. El espejo termina por revelar la presencia de aquella de quien huyes, a tu lado.

Te preguntarás qué estoy haciendo, cómo consumo las horas. Ni yo misma podría decírtelo. A veces una impresión, una persona, una copa de chianti, un plato de ternera con pimientos rojos, una visión del mar, me dejan una pequeña huella. Por lo demás, no soy capaz de recontar mis horas. Tan parecidas, tan diferentes, tan sin sentido son. Se van, vuelan. El enemigo debe estar haciendo algo con ellas.

Duermo mucho.

Duermo sola.

Casi siempre.

Mierda, tenía que confesarlo.

Camino como loca. Loca. Eso debe ser.

Te amo te amoamoteamo mo mo mo.

¿Aún a la caza de estranguladores?

¿Cómo decía aquella estatua del Pípila en Guanajuato?:

"Aún quedan muchas alhóndigas por quemar". ¿Era así?

Mándame la cita textual. Exacta, si es posible con la foto del Pípila.

Mándame un mapa del DF. Señala las calles que recorrimos, los parques, las rutas de autobuses. Mándame un boleto de camión, una foto de mi coche de carreras. Una foto tuya tomada en San Juan de Letrán.

Al filo de las cinco de la tarde, caminando, como la de aquel día.

Pronto me aburriré de estar huyendo de mí misma y nos veremos de nuevo.

Dime si me esperas.

¿Me esperas?

YO

La leyó de nuevo, de cabo a rabo, línea a línea. Luego pasó a ver la foto, el boleto de autobús italiano, el mapa de Venecia, el recorte de periódico, el beso impreso en lápiz labial en una servilleta.

Regresó a la foto: Una muchacha solitaria en una calle solitaria. Un vendedor de frutas a lo lejos creaba una referencia humana. Vestía de negro, un traje largo de cuello cerrado, con amplios vuelos la falda descubriendo unas botas negras que tenían incrustaciones de colores en el cuero, en la mano derecha un periódico doblado; un clavel de tallo largo en la otra. Los tres cuartos de perfil coronados por una cola de caballo que remataba una cabeza en la que resplandecía una sonrisa.

17

Tras dudarlo, tomó la foto y la colocó pegada a la base de uno de los cristales de la ventana aprovechando un pequeño intersticio.

La foto le sonrió desde allí, y Héctor Belascoarán Shayne, de oficio detective, rompió el ceño fruncido, la cara de piedra que le había acompañado todo el día y esbozó una sonrisa.

La vida proseguía.

Caminó hasta la cocina, encendió la radio barata que perdía la onda de vez en cuando y puso a calentar el aceite en un sartén para hacerse un bistec a la mexicana.

Mientras picaba el jitomate y la cebolla, mientras buscaba en el fondo del refrigerador los chiles y salaba y llenaba de pimienta la carne, ordenó la vida.

Era una gran broma. Ser detective en México era una broma. No se podía equiparar a las imágenes creadas y recreadas. Ningún modelo operaba. Era una jodida broma, pero cuando en seis meses había logrado que lo intentaran matar seis veces, cuando la piel tenía las huellas de cada uno de los atentados, cuando había ganado un concurso de televisión, cuando había días en que se hacía una pequeña cola (bueno, será menos, cuando mucho dos gentes al mismo tiempo) en el despacho, sobre todo cuando había logrado descifrar el (suenan fanfarrias) enigma del fraude en la construcción de la basílica, cuando había resuelto el (fanfarrias y dianas) penoso caso del asesinato del portero del Jalisco; incluso, cuando había logrado supervivir aquellos meses, y tomárselo todo tan en serio, y tan en broma, pero sobre todo, tan en serio, entonces, y sólo entonces, la broma dejaba de ser un fenómeno particular y se integraba al país.

Quizá lo único que el país mismo no le perdonaba era que se tomara su propia broma en serio.

Maldita soledad.

"Maldita soledad", repitió en palabras nunca dichas, y apagó la lumbre.

Y mientras todo esto pasaba, y pasaba, y dejaba de pasar, el Ejército había sacado a tiros a campesinos hambrientos que habían invadido el rancho frutal de un ex presidente en Veracruz.

Mamá no debería haberse muerto.

Yo no debería seguir jugando a los indios y a los vaqueros.

Y sin embargo, era la única forma de depositarse en la vida, de ponerse en el sartén como aquel bistec que poco a poco iba cambiando de color.

¿Seguiría vivo don Emiliano?

Y aun así,

> *Nosotros,*
> *que desde*
> *que nos vimos*
> *amándonos estamos...*
> *Nosotros*
> *que del*
> *amor hicimos*
> *un sol maravilloso*
> *romance...*

dijo la radio, a la que le prestó atención por un instante.

Aun así, toda esta soledad, toda esta broma, seguía siendo mejor que el maratón tras el coche nuevo cada año, la vida a cuentagotas, la seguridad clasemediera, los conciertos de la sinfónica, la corbata, las relaciones de cartón, la cama acartonada, el sexo acartonado, la esposa, la señora, los futuros niños, el ascenso, el sueldo, la carrera, de los que algún día había huido persiguiendo a un estrangulador que a fin de cuentas también estaba dentro de sí mismo.

¿Estaría vivo don Emiliano?

Se quemó la mano al sacar el sartén de la lumbre.

Mamá no debería haberse muerto.

La muchacha de la cola de caballo sonreía desde la ventana.

Carajo, y a eso llamaba ordenar la cabeza.

Nosotros, que nos queremos tanto,
debemos separarnos
no me preguntes
maaás.
No es falta
de cariño...

dijo la radio.

Y Héctor Belascoarán Shayne le sacó la lengua, para después quedarse mirando suavemente un bistec a la mexicana servido en la mesa de la cocina.

El elevador tartamudeó ascendiendo hasta su destino, Héctor llevó consigo el brillo del sol resplandeciente de la calle hasta el descansillo atiborrado de una semiluz azulosa. Caminó hasta la puerta de la oficina, y culminó el ritual deteniéndose enfrente de la placa metálica:

BELASCOARÁN SHAYNE: Detective
GÓMEZ LETRAS: Plomero
"GALLO" VILLARREAL: Experto en drenaje profundo
CARLOS VARGAS: Tapicero

Era necesario contemplar la placa mañana a mañana para constatar que nada podía ser demasiado en serio. Que ningún detective de película seria compartiría el despacho con un experto en drenaje profundo, un tapicero y un plomero.

"Aquello parecía un multifamiliar", pensó.

Y entró con una media sonrisa a la oficina, dejando atrás el chirriante vaivén de la puerta. Acarició el perchero y colgó en él la chamarra de cuero con botones de cobre. Recordó los motivos últimos por los que se había negado a ponerse un traje negro. La sonrisa se marchitó en el rostro.

El despacho había sufrido grandes cambios desde su última visita, una pila de muebles a medio tapizar, esqueletos tan sólo, reposaba en una esquina bloqueando la ventana, dos escritorios nuevos cubrían y reconstruían la geometría del lugar. Su esquina había sido, a pesar del amontonamiento, rigurosamente respetada, el escritorio comprado en la Lagunilla, las dos sillas sacadas de los cuartos de trastes viejos de los estudios de cine, tal y como pensaba que debían ser las sillas de un despacho de detectives, el viejo archivero apolillado con el barniz saltado a diestro y siniestro, el calendario de taco con siete días de retraso, el perchero, el teléfono negro de modelo anticuado.

Se dejó caer sobre la silla y tirando del cordón dejó que la persiana estruendosamente cayera filtrando y cortando en rayas duras de luz la mañana. Entrecerró los ojos.

Sobre su mesa, una nota:

LE SUPLICAMOS CONSIDERE POSIBILIDAD PONER PARED DE ENFRENTE FOTO MECHE CARREÑO ENCUERADA ESTRENANDO MONOKINI. SOMETIDO A VOTACIÓN POR LOS VECINOS DEL DESPACHO. ACLAMADORA MAYORÍA.

PD: LAMENTAMOS LA MUERTE.

PD 2: PINCHE PENDEJO ACUÉRDESE DE PONERLE SEGURO A LA PISTOLA.

GILBERTO, GALLO, CARLOS

Esbozó una sonrisa tristona, y la mirada vagó hasta el techo donde aún se observa nítidamente el agujero del plomazo de la 38. La luz cortada por la persiana daba al cuarto un aire alucinante. Tomó las cartas y revisó la correspondencia: notas del café de chinos de la esquina, una propuesta para ser entrevistado en una revista masculina, anuncios de ropa íntima para señora, un recordatorio para que renovara su suscripción a *Excélsior*.

Desechó todo. Nada de entrevistas. Mucho menos de suscripciones a *Excélsior* después de lo mierda que se había vuelto.

Limpió con la bola de papel el escritorio lleno de polvo. ¿Correría la mañana así? Suavemente, dulzona, apacible.

Sacó del bolsillo la foto de Emiliano Zapata que había recortado de una crónica ilustrada de la Revolución Mexicana, la puso frente a sí y se quedó en silencio contemplándola.

Una hora después, la colgó cerca del marco de la ventana con cuatro tachuelas robadas a la caja de herramientas del tapicero. La mirada triste de don Emiliano lo persiguió mientras daba vueltas por el cuarto.

La mirada de Emiliano Zapata traicionado.

Sacó de la chamarra la bolsa de monedas y las dejó caer sobre el escritorio gozando del repiquetear metálico, de los destellos de luz, de los cantos gastados rodando sobre la mesa.

—¿Me pemite?

La mujer se apoyaba en la puerta entreabierta, a medio camino entre meterse en la vida del detective y quedar allí, como una foto de *Estrellas en su hogar*.

—Adelante.

Tenía unos treinta y cinco años, y vestía para estar en otro lado. Sus ajustados pantalones negros que terminaban en botas, la blusa de seda negra transparente, llena de brillos y de señuelos para pez carnívoro, más aún la redecilla negra que ordenaba el pelo. Todo resultaba incongruente con la oficina, con los muebles ajados y los útiles de plomería sobre las mesas.

—Quiero contratar sus servicios —dijo.

Héctor le señaló la silla y se quedó contemplándola. La mandíbula fuerte, ojos profundos.

Una cara que en su conjunto respondía mejor a una fotografía de cachondo anuncio de jabón para baño que a un saludo abierto.

—¿Me conoce? —preguntó la mujer cruzando las piernas, poniendo sobre la mesa una bolsa negra y recorriendo el cuarto con la vista.

—No veo telenovelas —dijo Héctor sin poder separar los ojos de los senos que lo miraban bajo la blusa.

—Soy Marisa Ferrer… Y quiero que impida que mi hija se suicide… ¿Ya me admiró a gusto?

—Vistiéndose así, debería estar acostumbrada.

La mujer sonrió. Héctor jugueteó con las monedas que había sobre la mesa.

—No creí que los detectives fueran así…

—Yo tampoco —respondió Héctor—. ¿Cómo se llama la niña?

—Elena… no es niña, es una muchacha… No se deje engañar o dudaré de su habilidad.

—¿Cuántos años tiene ella?

—Dieciocho.

Una fotografía cruzó el escritorio empujada por la mano de la mujer.

—¿Su padre?

—Un dueño de una cadena de hoteles en Guadalajara. La cadena ésa de los hoteles Príncipe. Hace siete años que no se ven… Renunció a la niña cuando nos separamos.

—¿Viven juntas?

—A ratos… A veces vive con su abuela.

—¿La historia?

—Hace como quince días, se cayó desde la terraza de su cuarto, al jardín. Se rompió un brazo y se hizo algunas

23

heridas en la cara. Yo pensé que era un accidente… Es muy atolondrada… Pero luego encontré esto…

Sacó de la bolsa negra un paquete de fotocopias, lo tendió a Héctor y antes de que él pudiera hojearlo, sacó un nuevo paquete de la bolsa: —Luego vino el segundo accidente —le tendió un montoncito de recortes de periódicos sostenidos por una liga. Parecía como si su vida entera, las acciones y los hechos que la envolvían, tuvieran que ser confirmados por la palabra escrita, por el testimonio fotográfico. ¿Una compulsión de *vedette* a la que le ha costado mucho trabajo subir la escalera del triunfo?, se preguntó Héctor.

Ella sacó una segunda foto, una foto de estudio de la cara de la muchacha, y por último una instantánea en la que se veían una enorme sonrisa y un brazo en cabestrillo.

—No quiero que se muera —dijo.

—Yo tampoco —respondió Héctor contemplando la foto de la adolescente con el brazo enyesado que sonreía a la cámara.

—Señor Belascoarán, lo espero mañana para la cena en la casa, así conocerá a Elena —dijo la mujer, y cerrando la conversación, sacó de la bolsa un cigarrillo americano. Lo puso en la boca y esperó que surgiera el encendedor de una mano galante, que por lo visto no estaba en la habitación.

El sol depositaba una mancha brillante en la blusa negra de la mujer.

—Acepta usted, ¿verdad?

Belascoarán Shayne, de oficio ingrato detective, le extendió unos cerillos de carterita empujándolos suavemente sobre el escritorio, como se impulsa un tren de juguete, sorteando las monedas de plata que aún estaban en la mesa.

¿Por qué esta confianza? No era un confesor, un siquiatra, ni siquiera tenía una sólida imagen paternal. Estaba cerca de los suicidas no por comprensión sino por afinidad. Tomó una decisión y clavó la foto de la muchacha con el brazo enyesado al lado de los penetrantes ojos de don Emiliano.

—¿No trae entre sus cosas *su* álbum de recortes? —preguntó sabiendo la respuesta.

Ella sacó de la enorme bolsa un álbum de cuero, abultado por el papel entre página y página.

—¿Tiene algo que ver?

—No lo sé, pero si usted me pone papeles en la mesa, prefiero que sean muchos que pocos, para poder sentarme a gusto a leer... ¿Qué vamos a cenar?

La mujer sonrió por primera vez, se levantó y caminó hacia la puerta.

—Es sorpresa —dijo.

Abrió la puerta. Entró la luz azulosa del pasillo. Se detuvo, se quedó un instante, detenida, como si la imagen se hubiera congelado.

—El dinero...

Héctor hizo un gesto con la mano, algo así como, dejémoslo pasar. Cuando la puerta se hubo cerrado, se enfrentó a la montaña de papeles. Mucho más fácil tratar con papeles que con seres humanos.

Caminó hasta el escondite secreto, donde se guardaban los materiales confidenciales, las notas de remisión por cobrar de Gilberto, el martillo de Carlos y las pepsicolas. Sacó un refresco y lo abrió con una navaja de bolsillo, de esas suizas que tienen diecisiete instrumentos.

Saboreó el líquido dulzón. Se quejó mentalmente del aumento del precio. No tenían madre. Todavía se acordaba de cuando costaban cuarenta y cinco centavos, y no hacía tanto tiempo.

Era su forma de mantenerse mexicano. Mexicano de todos los días, compartiendo las quejas, protestando por el alza de las tortillas, encabronándose por el aumento del pasaje en los camiones, repelando ante los noticieros infames de la televisión, quejándose de la corrupción de los policías de tránsito y los ministros. Mentando madres por la situación nacional, por el deplorable estado del gran basurero nacional, del gran estadio azteca en que habían convertido nuestro país. Aunque sólo fuera a partir de hermanarse en la queja, en el desprecio y en el orgullo, Belascoarán ganaba su derecho a seguir siendo mexicano, su posibilidad de no convertirse en una *vedette*, en un marciano; su oportunidad de no perder distancia con la gente. Esta conciencia social adquirida por motivos emergidos de un humanismo elemental, primitivo, de una valoración de la situación eminentemente superficial, de una conciencia política construida desde el interior del mundo personal del detective, le permitía al menos concebir México desde una perspectiva acre, desde una posición crítica, desde afuera del poder y el privilegio.

Le dedicó un gesto obsceno al responsable del aumento de los refrescos y regresó al cálido escritorio ahora lleno de papeles y monedas.

Las fotos de la muchacha sonriente y con el brazo enyesado y de don Emiliano Zapata lo contemplaron.

¿Para compartir su interpretación del aumento de las pepsicolas? ¿Para solidarizarse con la mentada de madre al ministro o simplemente para constatar el lío en que se estaba metiendo?

El teléfono sonó para crear el tercer lado del triángulo que envolvería sus próximas semanas.

—Belascoarán Shayne...

—Un momentito, por favor, le comunico con el licenciado Duelas.

Una voz impersonal cedió su espacio al silencio.

—Señor Shayne...

—Belascoarán Shayne —interrumpió Héctor.

—Perdón, señor Belascoarán Shayne, pero uno tiende a obviar su impronunciable apellido vasco…

Voz melosa, engolada, rastrera.

—Haga unas gárgaras de ensayo con Belaustiguigoitia, Aurrecoechea o Errandoneogoicoechea —dijo Héctor utilizando los apellidos seudovascos que le cruzaron por la mente.

—Ji ji —dijo la voz.

—Y bien…

—Pues bien, hablo a nombre de la Cámara de Industriales de Santa Clara, Estado de México… Tenemos interés en contratarlo. ¿Se encuentran sus servicios disponibles?

—Depende señor Dueñas.

—Duelas.

—Ah, sí, Duelas… ¿licenciado?

—Exacto, licenciado… ¿Cuáles son sus condiciones?

—No lo sé… Todo depende de lo que ustedes quieran que haga.

—Le envío a nombre de la Cámara un expediente donde se precisa el carácter de sus servicios y la información básica que usted podría necesitar para trabajar… En las primeras horas de la tarde estará en su despacho… En cuanto al salario, la Cámara ofrece un adelanto de quince días correspondiente a mil pesos salario-día. Seremos generosos respecto a la paga final que usted designe en caso de que el conflicto quede satisfactoriamente resuelto… ¿Podemos contar con usted, señor Belascoarán?

Héctor tomó unos segundos para decidir, ¿decidir qué? A estas alturas de la conversación, lo que le interesaba era poner las manos en el famoso expediente.

—Envíeme el material, telefonee mañana a esta hora y tendrá mi respuesta.

—De acuerdo, encantado en haber abierto el contacto con usted.

—Un momento… ¿El expediente tiene fotos? —volteó la vista para pedir aprobación a la imagen sonriente de la muchacha del brazo enyesado, y a los taladrantes ojos de Emiliano Zapata.

—¿Fotos del cadáver?

¡Ah cañón!, conque cadáver.

—Tengo interés en que la información que me suministren tenga como anexo material gráfico que la amplíe.

—Con todo gusto, señor Belascoarán.

—Es todo, entonces —dijo Héctor y colgó.

La mano permaneció sin soltar el teléfono. ¿Qué pretendía? ¿Adónde llevaba este camino que lo conducía al pluriempleo? Sintió el dulce calor de una pequeña locura originándose en el interior de la cabeza. Repitió la máxima del viejo pirata que había sido su padre:

Cuanto más complicado, mejor; cuanto más imposible más bello.

Actuar, lanzarse al abismo. No dejar tiempo a que una absurda reflexión impidiera que el río corriera a despeñarse.

Muchacha del brazo enyesado, jefe Emiliano Zapata, cadáver desconocido. Voy a ustedes. Soy todo vuestro.

Guardó las monedas en la falsa pared, recogió la chamarra y cuando avanzaba hacia la puerta regresó hasta el teléfono. Marcó despacio el teléfono del Instituto de Investigaciones Históricas.

—La doctora Ana Carrillo, por favor… ¿Ana? ¿Podrías tenerme para la noche un informe detallado de la muerte de Emiliano Zapata, un par de libros sobre el sandinismo, con fotos si se puede, y algo sobre los levantamientos de Rubén Jaramillo?

Mientras esperaba la respuesta, tomó la nota de sus vecinos y garrapateó:

DE ACUERDO PÓSTER PREVIAMENTE CENSURADO. PISTOLA CON SEGURO. NO TOCAR NUEVA GALERÍA DE FOTOS. SUGIERO ENVIEMOS AL CONGRESO PROTESTA POR EL AUMENTO DE LOS REFRESCOS.

H. B. S.

II

*...Confieso que puedo explicar más claramente
lo que rechazo que lo que quiero.*

D. Cohn-Bendit

Parecían tres niños regañados en el inmenso despacho de muebles de cuero negro, diplomas en las paredes, alfombra mullida, mesas inútiles, llenas de adornos chinos igualmente inútiles. Héctor buscó un cenicero, y al no encontrarlo, adoptó para iguales menesteres las canastas de bambú de una figura de porcelana.

—¿Qué hacemos con la casa? ¿Tú dónde vas a vivir? —preguntó Carlos con la mirada perdida en la calle, allá, seis pisos más abajo.

—No tengo ni idea —dijo Elisa.

—Esperemos a ver qué dice el mono éste y luego nos sentamos a hablar con calma —propuso Héctor.

El abogado, como llamado al conjuro, entró por una puerta disimulada en la pared, en la parte trasera del enorme escritorio de caoba.

—Señora, señores... —inició ceremonioso.

Los tres hermanos respondieron al saludo en silencio. Elisa y Héctor con un movimiento leve de cabeza, Carlos sacudiendo la mano derecha levemente como si fuera un presidente electo saludando al pueblo.

—¿Desean ustedes una lectura total de las disposiciones maternas, o simplemente un resumen básico?

Se miraron entre sí.

—Un resumen será suficiente —dijo Héctor por los tres.

—Bien, entonces... El material del que debo hacer referencia en esta informal charla, consta de una carta de su madre, legalizada ante notario dirigida a los tres, más un testamento efectuado hace un par de años.

"La carta precisa el origen de los bienes a que ustedes tienen derecho, el testamento precisa la forma del reparto. Para no alargar el asunto, les diré que su madre hace una detallada relación de la herencia que recibió de sus padres en el año 1957, cómo esta herencia fue invertida en diversas instituciones bancarias, y compañías financieras. Luego, pasa a detallar los mecanismos para tener acceso a la caja de seguridad que a su muerte debería entregarles a ustedes en nombre de su padre. Caja de seguridad que su marido le dejó en custodia, condicionada a que no fuera abierta en vida de ella... Operan en mi poder las llaves de la caja, y la carta paterna señalándolos a ustedes tres conjuntamente o por separado como los dueños del contenido de ésta. La carta de su madre, además, especifica los bienes que les cede en terrenos, y en metálico."

Hizo una pausa.

—El testamento es muy simple. Contiene una primera cláusula optativa que anula las demás. Esta primera cláusula establece que las demás quedan sin efecto en caso de que ustedes quieran organizar la distribución de los bienes de común acuerdo. En este caso, las disposiciones maternas para la distribución de los bienes quedan anuladas, y solamente se añade una lista de personas a las que considera que ustedes deben premiar económicamente por los años que han estado al servicio de la difunta.

"Tengo que preguntarles si prefieren ustedes sujetarse al testamento en sus cláusulas donde se establece detalladamente la distribución, o se acogen a la primera cláusula... Si quieren discutirlo, o conocer la forma en que los bienes están distribuidos en la segunda parte del documento, pueden ustedes pasar a la sala…"

—No hay nada que discutir… Ahórrenos la molestia —dijo Elisa.

Los dos hermanos asintieron.

—Bien… entonces, les hago entrega de la copia del testamento debidamente legalizado, del inventario de los bienes, y los mecanismos para tomar poder de ellos, de la llave de la caja de seguridad y el documento de su padre, y de la carta de su madre. Junto a ella encontrarán una nota que debe abrirse en presencia de los tres y que como se aclara en el sobre es de tipo personal.

Elisa tomó todo en las manos, rasgó el sobre que el abogado le había entregado al final.

—Ha sido abierta en presencia de los tres, supongo que esto cumple la petición de mi madre…

El abogado asintió.

Los hermanos se pusieron en pie.

Encontraba un enorme placer en observar la minúscula punta, brasa rojiza, del cigarrillo en medio de la oscuridad total. Sin embargo, el no ver el humo le hacía sentir como si no fumara. Se dolía de la pérdida de sensibilidad en la laringe y la garganta, atascadas de la impresión rutinaria del vicio. Volvía a preguntarse, si no sería mejor de una vez por todas dejar de fumar, si no merecía la pena olvidar y dejar enterradas para siempre las bronquitis una vez al año, los amaneceres con sabor a cobre entre los dientes, la angustia de no tener tabaco en medio de la noche. Se lo preguntaba, y contestaba negativamente. Volvía a la brasa solitaria en el enorme cuarto oscurecido.

Escuchó los pasos de sus hermanos y sintió el *click* con el que la luz se encendió. Previsoramente había cerrado los ojos y cuando los abrió, el cuarto se encontraba inundado de luz.

—¿Seguro que no quieres cenar? —preguntó Elisa.

—No, tengo enfrente un montón de trabajo... ¿Podrían ustedes hacer un poco de claridad en este lío?

—No hay mucho que arreglar, las notas del burócrata ése son claras. Tenemos como millón y medio de pesos...

—Puta madre, qué asco —dijo Héctor.

—¿No espanta? –preguntó Elisa.

Se había tirado en la alfombra, y estaba comiendo un par de huevos con jamón.

—¿Y qué vamos a hacer con ellos?

—Dan ganas de quemar el dinero... Olvidar que lo tenemos y quemarlo. Yo estaba muy tranquilo sin dinero —dijo Carlos.

—Igual yo —dijo Héctor.

—A mí lo mismo —remató Elisa.

—Pero no nos vamos a atrever... Seguro que si dejamos pasar la noche, vamos a encontrar una buena docena de ideas de cómo usarlo.

—Seguro —dijo Héctor.

—Yo no termino de creerlo, lo más seguro es que si mañana volvemos a sentarnos a hablar de esto, voy a seguir pensando que es una broma —dijo Elisa.

—Es que... —inició Carlos.

—Al diablo ese dinero —siguió Héctor.

—Porque si lo quemamos... —deslizó Elisa.

—...no se puede tener tanto dinero. El dinero corrompe porque... —prosiguió Carlos.

Coincidía con el Eclesiastés, en que hay un tiempo para sembrar y un tiempo para recoger lo sembrado, uno para arrojar y otro para tomar: y en la noche negra que lo rodeaba, no encontraba motivos para pensar que aquél podía ser un tiempo para trabajar. Pero, a pesar del convencimiento, los tres enormes legajos de papel descansaban sobre el escritorio.

Caminó hasta la ventana y contempló la calle. Triste, negra, carbónicamente negra. El cigarrillo brilló entre sus labios. La luna estaba oculta por un par de nubes. No había reflejos, ni lámparas. A lo lejos las partes de la ciudad que no habían sufrido el apagón brillaban difusamente. Llovía con dulzura, con suavidad. No pudo evitar la tentación y abrió la ventana para que entrara el ruido de la lluvia y le mojara la cara.

—Ya están las veladoras, vecino —dijo una voz a sus espaldas.

Giró la cara lentamente, dejando las gotas de lluvia reposar en los ojos, conservando aquella visión de la noche.

Caray, qué noche para ponerse romántico. Y ahí estaban los tres legajos.

El cuarto se iluminó penosamente, las tres veladoras dieron la impresión de construir los vértices del triángulo que iluminaba la cueva primitiva.

Sintiéndose como hombre de Neandertal, Belascoarán avanzó hacia el material que le esperaba.

—¿Qué, mucha chamba? —preguntó el vecino de despacho para las horas nocturnas, el famoso ingeniero *Gallo*, ingeniero o pasante de ingeniería, experto en la red cloacal de la ciudad de México, al que Gilberto el plomero había subarrendado su parte de local en las horas nocturnas.

Héctor lo contempló detenidamente antes de responder; no tendría más de veinticinco años, botas texanas, pantalones vaqueros, una chamarra muy gruesa siempre sobre los hombros, bigote poblado; permanentemente hundido sobre sus mapas, los que sólo abandonaba para hacer sus extrañas exploraciones por la red de aguas negras de la ciudad de México que parecía constituir su pasión única. Un casco amarillo provisto de linterna en la parte delantera, unos guantes de asbesto y unas botas de hule de bombero reposaban en la silla que tenía al lado de su restirador.

A la luz de la veladora daba la impresión de un antiguo alquimista tratando de descifrar el enigma de la piedra filosofal.

Levantó la vista y por un instante se quedaron mirando el uno al otro. El ingeniero Villarreal, alias *el Gallo*, como quien espera encontrar en el otro una explicación. Héctor Belascoarán Shayne, detective, una mancha negra perfilada por la veladora que parpadeaba a su espalda.

—¿Usted, ingeniero, cómo se metió en esto?

—Pues ya ve, vecino, son cosas de la vida.

Hizo una pausa y rebuscó en los bolsillos de la chamarra que traía sobre los hombros unos puros cortos y delgados, evidentemente comprados en Sanborns o en un lugar por el estilo.

—En el fondo, usted piensa que no hay pasión en mis mapas, ¿verdad?

Héctor afirmó.

—¿Usted vio de chiquito *El Fantasma de la Ópera*?

Héctor asintió.

—Usted nunca pensó que la diferencia entre el medievo y la ciudad capitalista consiste básicamente en la red cloacal.

Héctor negó con la cabeza.

—Usted no se da cuenta de que la mierda podría llegarnos a las orejas a los mexicanos del DF si alguien no se preocupara de que no sucediera lo contrario… Usted es de los que cagan y se olvidan de la caca.

Héctor asintió. La conversación vuelta monólogo empezaba a divertirlo.

—Usted seguro odia a los tecnócratas.

Héctor asintió.

—Pues yo también, y maldita sea si me importa que la ciudad se llene de mierda, total un poco más o menos de lo que ya está. Total, si se carga pifas al canal de Miramontes, al gran canal y al complejo de alcantarillados que culminan en el Sistema de Drenaje Profundo, pues me vale reverenda verga...

Héctor asintió con media sonrisa inundándole la cara.

—Lo que pasa es que me pagan dos mil pesos por cada estimación de resistencia y capacidad que hago de cada uno de estos esquemas, y con eso vivo...

Encendió el puro.

—Y si uno tiene que vivir de algo, mejor es construir una mitología del mundo en que trabaja, como por ejemplo del Fantasma de la Ópera que vivía en la red cloacal de París, o *Kanal*, aquella película de la resistencia antinazi polaca en la que se pasaban los guerrilleros combatiendo en las cloacas... Y en ultimado caso, del servicio social que uno desarrolla. Usted lo llamará amor al oficio, ¿no, vecino?

—Yo era ingeniero electromecánico con maestría en Tiempos y Movimientos, y... —empezó Héctor y rehuyó la posibilidad de adentrarse en la especulación sobre el pasado profundo caminando hacia su escritorio.

—¿Y sabe qué? —dijo para culminar el diálogo— Que hay oficios que mejor van y chingan a su madre.

—De acuerdo —dijo el ingeniero en cloacas, experto en inundaciones de caca.

Como si hubiera hablado del clima, de aquella noche lluviosa y oscura por el apagón, el ingeniero Villarreal comenzó a tararear la marcha triunfal de *Aída*.

Belascoarán se sentó ante los expedientes y estiró la mano hacia el más cercano.

La noche prometía. La luz oscilante de la veladora inundaba de ritmo el papel.

III

LAS SUCESIVAS HISTORIAS DE TRES LEGAJOS:

Una adolescente presunta suicida a través de su diario, el cadáver caliente de un gerente, y un héroe del pasado que amenaza con salir de la tumba.

Hay que rastrear durante toda la noche todavía.

PACO URONDO

La investigación debe apropiarse de la materia en detalle.

MARX

DESPLEGÓ el material del primer legajo: un diario escrito con letra irregular, en hojas fotocopiadas; un paquete pequeño de recortes periodísticos sobre el segundo "accidente" unidos con una liga; dos fotos, una de ellas típica foto de estudio, la otra, una instantánea, en la que se veía una muchacha sonriendo a la cámara con uniforme escolar; un álbum de piel repleto de recortes de prensa.

Decidió comenzar por las fotos. Encendió un cigarrillo, colocó la primera frente a sí, cerca, con las dos manos rodeándola, protegiéndola. Gozó la contemplación, se encariñó con la muchacha.

Fuera de foco estaba el portón de la escuela, un merenguero de espaldas cubría en parte la caja de merengues. Tres muchachas salían tomadas del brazo por el ángulo superior. Un policía de tránsito cubría el ángulo opuesto. En el centro una muchacha de diecisiete años, con blusa blanca y falda escocesa, calcetines largos, una trenza gruesa que caía sobre el hombro, ojos despiertos, vivarachos. Piel de color moreno claro, frente amplia. Tenía un aire heredado de la madre, imprecisable en el origen, pero presente, estable.

La foto de estudio mostraba en detalle la cara, los rasgos adolescentes comenzaban a desaparecer, la imagen de conjunto revelaba a una muchacha si no bella, sí agradable, bonita, y algo más. Antes de seguir, dudó entre el diario de la muchacha y el álbum de recortes de la madre. Prefirió el último. Quería, antes de arrancar, alguna nota de contexto. Intuía que estaba frente a algo más que un simple caso de suicidio. Quería tomar en las manos la historia antes de enfrentar una de sus facetas.

El álbum de recortes de la madre contaba la carrera, repasaba como en un espectáculo audiovisual, el triste proceso que concluía en la existencia de una estrella famosa a la mexicana.

Todo empezaba con pequeños recortes de diario, donde aparecía subrayado un nombre con lápiz rojo. Siempre en las últimas líneas del artículo. Diarios de provincia, de Guadalajara en su mayor parte.

En aquella época usaba el nombre completo: Marisa Andrea González Ferrer. Se trataba de segundos papeles en obras de teatro estudiantil. En ninguno comentaban su actuación. Al fin, un segundo papel en una obra de Lorca. El recorte incluía una foto deslavada por el tiempo, gruesa de grano, donde se veía en segundo plano dentro del escenario a una muchacha flaca vestida de negro con los brazos abiertos.

Seguía un breve comentario sobre su actuación en un papel secundario en una obra comercial, *Tres hermanas para un marido*, y luego, un espacio en blanco que duraba seis meses, para reiniciar con tres espectaculares fotos de plana entera en revista mal impresa donde por primera vez la muchacha delgada reaparecía como mujer en bikini: TIENE TODO PARA TRIUNFAR. Luego una entrevista en la que ni periodista ni entrevistada decían nada. La última pregunta pretendía ser divertida: PERIODISTA: *¿Y los hombres?* MUJER DEL BIKINI: *Por ahora, están fuera de mis planes, no interesan... Son un estorbo para la carrera de una actriz.* Seguían dos recortes de carteleras cinematográficas, con un subrayado de las películas en las que debía haber participado, en papeles tan pequeños que no aparecía su nombre: *La hora del lobo* y *Extraños compañeros.* La primera era una película de luchadores, la segunda una historia de amor entre estudiantes de secundaria según rezaba la publicidad. Primeras apariciones en revistas del Distrito Federal.

El atuendo iba disminuyendo, aunque lo único que permanecía descubierto totalmente era la espalda. Perdió su segundo nombre y su primer apellido, aumentó diez puntos en el tamaño de las letras, mostró al desliz el seno izquierdo, disminuyó progresivamente el tamaño de la trusa, desparramó siete u ocho lugares comunes entre las libretas de notas de seudoperiodistas. Trabajó en cabaret, aprendió a cantar medianamente. Grabó un disco de ranchero. En las columnas de chismes apareció consignada como compañera de turno del dueño de una grabadora. Mostró las nalgas en un reportaje para la revista *Audaz.* Ganó su primer estelar en una película del nuevo cine.

Trece reportajes gráficos en una semana atestiguaban su éxito. Apareció totalmente desnuda en un reportaje a todo color para las páginas centrales de una revista pornoculta. La entrevista que acompañaba a las fotos estaba escrita con gracia. Héctor tomó nota de algunas respuestas: "En nuestro medio, la guerra es la guerra, gana el ejército con mejores armas..." "¿La soledad? ¿Eso qué es? No hay tiempo para sentirse sola…" "No me gusta estar desnuda mucho tiempo, los fotógrafos son muy descuidados con el clima, y agarra una cada catarro que…" "Me gusta el camino que he elegido."

Estaba a mitad del álbum cuando se detuvo. ¿Dónde estaba la hija?

Calculó que si tenía diecisiete años debería haber nacido en 1959. Regresó a las fechas alrededor del 59 y se fijó más cuidadosamente en los recortes. Había seis meses vacíos en el principio de la carrera. O sea que la mujer se había echado su carrera con la niña a cuestas.

Cerró el álbum. La idea básica estaba allí, y como continuara contemplando fotos de la mujer desnuda, terminaría envolviéndose en ella, untándose en los senos y las nalgas de la mujer para ya nunca más poderla ver vestida, por más que usara ropa de esquimal.

En el otro extremo del cuarto, el experto en cloacas continuaba contemplando el esquema y sacando notas. Belascoarán fue hasta el escondite-caja fuerte y sacó un refresco.

—Páseme uno, vecino —dijo *el Gallo* sin levantar la vista de su trabajo.

Héctor sacó un jarrito de tamarindo y destapó los refrescos con las tijeras del tapicero.

Volvió a la mesa y tomó el diario de la muchacha. Antes de empezar contempló la foto de la adolescente con el brazo enyesado y le sonrió como pidiendo perdón por penetrar en la intimidad.

La parte fotocopiada era una pequeña parte del diario original. Comenzaba en la página ciento seis y terminaba en la ciento catorce. Las ocho hojas de fotocopia estaban llenas de una letra extensa, muy elegante, muy de manual de caligrafía. El color de la tinta era el mismo, la pluma fuente usada muy probablemente idéntica. Parecía el diario juvenil, celosamente guardado bajo la almohada o en el cajón último del escritorio blanco, bajo cuadernos y papeles viejos que nadie nunca tocaría y que salía de su refugio instantes antes de dormir para abrir las compuertas emotivas de su dueña.

Las anotaciones eran muy cortas y algunas de ellas estaban en clave, en un lenguaje misterioso que producía en el detective la sensación de estar ante un juego de niños indescifrable. Bajo cada una y para separarlas, dos pequeñas cruces. No había fechas antes de cada anotación, aunque a veces se mencionaban días de la semana.

No quisiera seguir aceptando todo, aguantando todo. Siempre callada. Pero es como si me hubieran tirado al agua y dicho: Ándale, pendeja, a nadar.
¿Qué hago? ¿Qué sigue? Sólo esperar.
jueves. Cont. 105 p.

Decirle al maestro de historia todo esto: Es engreído, se siente caifán, tiene un tic, ha de ser impotente, le gusta seguro su madre, y desde chiquito está así… Y no sabe nada de historia.

Mamá no debe saber que lo sé. ¿Cómo hacer para que no se me note? Soy pendeja, no sé actuar. Hoy daba vueltas y vueltas por la casa. Como pelota. Así se dará cuenta enseguida. Debo seguir viviendo en las cosas de siempre. Seguir yendo a la escuela, seguir saliendo al cine, seguir cambiando de novio, seguir leyendo novelas, seguir…

G. dice que treinta y cinco mil. Hay que preguntar por otro lado.
A lo mejor lo que pasa es que no me puedo enamorar.

Conseguir éstos: Justine, Las desventuras de una azafata, El cielo y el infierno.

Gisela dice que tiene la copia. Acordarse de decirle a Carolina y a Bustamante.

G. insiste. Le dije para probar que lo menos sesenta. No se espantó.

Quiero vivir en otro lado, cambiar de cuarto. No me gusta lo que veo cuando llego. No me gustan las cosas que me gustaban. No me gustan los helados de ron con pasas como antes. Ya no me gustan los besos de Arturo. No me gustan los coches, ni el olor a tíner. Ya ni me gusta el cine. Soy yo, no son las cosas.

En medio de este lío quién me manda andar leyendo biografías de Van Gogh.

G. aprieta, aumenta la presión. Me presentó a Es. Es un tipo repugnante.

Y mamá, ay mamá, qué te pasa que no te das cuenta. Hubo bronca. El novio de Bustamante y un cuate le aventaron el coche a Es. Porque lo vieron que estaba amenazándome a la salida de la escuela. Es. se quedó mirándome y yo tuve que pararlos.

Ni siquiera les puedo decir nada. No les tengo nada de confianza, aunque se hayan portado bien. Son un par de pendejos. Luego se la quisieron dar de muy héroes y se andaban luciendo de que me salvaron la vida.

Ni a quién irle.

Ya se acabó la época de las tobilleras y las minifaldas. A lo mejor me podrían conseguir una pistola.

Tengo miedo.

Reprobé Inglés y Sociología.

De veras, mamá, que hago un esfuerzo por seguir viniendo y seguir haciendo las cosas todos los días. De veras que no entiendes. De veras que quiero seguir. Pero todo esto me asusta mucho, me empujan. Como dice el tipo de la película esa que vimos hace meses: "La vida me queda grande."

Reprobé Historia… ¡Ese cabrón!

Toda la tarde llorando. No soy una niña. No puedo actuar así. Tengo que encontrar una forma de enfrentarlos. De hacer algo. ¿Si pudiera irme? Adónde, ¿con quién? Resulta que después de tantos amigos en estos últimos años, no hay nadie. Nadie.

Me aprieto la cabeza para ver si se me ocurre algo.

Si supiera hacer algo. Sería mucho pedo si me lo llevo.

Dicen que me dan cuarenta mil pesos. Pero sé que no es cierto. Que sólo es el anzuelo.

Arturo me cortó. Mamá me regañó como nunca lo había hecho. En la escuela me miran raro porque a la salida me esperan los amigos de G.

Me paso las horas encerrada en el cuarto. Este cuarto ya lo aborrezco.

Si salgo de todo esto lo voy a pintar. Pero no salgo. No voy a salir. Me van a fregar.

Sólo tengo diecisiete años.

Me voy a morir. Ojalá nunca hubiera empezado esto.

Ésta era la última anotación. Belascoarán lamentó que la madre no le hubiera pasado las primeras páginas del diario. Se sentía entrañablemente unido a la muchacha que le sonreía desde la foto con su brazo quebrado. Si él hubiera tenido su diario propio, hubiera hecho una anotación como ésta: "Se fortalecen instintos paternales. Siento que me necesitan. Soy útil. Deja de comer mierda y lánzate a salvar muchacha desesperada. La vida es bella cuando puedes servir. Afila la pistola, caballero andante."

Como no era dado a los arranques se limitó a tomar notas en el borde de la fotocopia.

Retiró la liga de los pequeños recortes de periódico. Contaban brevemente y casi todos ilustrando con fotografía, la caída de un elevador en un edificio de condominios.

Los amortiguadores del sótano y una parada accidental en el tercer piso habían salvado al único ocupante de la muerte. "Milagrosamente, sólo contusiones." "En medio de las maderas destrozadas y tras dos horas de encierro, salió la adolescente." "Los peritos de la compañía trataban de averiguar las causas de que los mecanismos de seguridad no hubieran operado."

¿Quién se suicidaría descomponiendo un elevador y metiéndose dentro?

El vecino cambió de pliego y encendió una vela que la corriente de aire había apagado.

—¿Camina?

—Más o menos —respondió Belascoarán rechazando con un gesto el puro que el otro le ofrecía. Sacó sus Delicados largos con filtro y encendió; curiosamente su cascarón se debilitaba y sentía cómo por las venas regresaban galopando las ansiedades de la adolescencia. Esto debería haberle sucedido hace dos o tres años y no ahora. Ahora se suponía que las cosas eran más impersonales, más secas.

"Qué bello oficio —pensó—. Qué bello oficio el mío." Y luego se avergonzó pensando en la muchacha que no dormía. La muchacha de diecisiete años que quién sabe por qué se iba a morir.

Bostezó. ¿Ahora qué sigue? Sumirse en los otros dos mundos. Diferentes. Totalmente diferentes. En las novelas policiacas todo se junta. Pero, ¿qué demonios tendrá que ver una adolescente desesperada, una petición de la Cámara de Industriales de Santa Clara, y el fantasma de don Emiliano Zapata?

—¿A usted le gusta el futbol? —preguntó el vecino.

—No, ¿por qué?

—Nomás, se me ocurrió de repente.

Abrió el legajo que le había remitido el abogado.

Se trataba de una combinación de actas levantadas en el Ministerio Público, reportes policiales y recortes de diario. Al final, siete páginas de declaraciones y testimonios firmados, todos en diferente papel y con diferente mecanografía.

Testimonios seguramente pedidos a los interesados por el propio abogado, porque venían firmados y no iban dirigidos a nadie. Unidos, contaban la historia de un asesinato.

¿Cómo hacen los detectives para cambiar de tema? ¿Simplemente pasan la página?

Pensó, y se fue a mear. El baño estaba al final del pasillo. Caminó adivinando las puertas, los escalones, la boca de la escalera de servicio, la entrada del elevador y al fin la puerta del baño. Empujó sólo para descubrirla cerrada. Y claro, nunca llevaba llaves. Terminó orinando en el baño de mujeres que desconocía y recibió como premio un buen golpe en la boca del estómago al golpearse contra un lavabo.

Escuchó cómo el chorro golpeaba en la loza y se fue guiando con el sonido hasta encontrar el golpear del líquido en el líquido. Al sacudírsela en la oscuridad, se salpicó el pantalón.

Recorrió nuevamente el pasillo oscuro hasta la oficina iluminada por las velas. El legajo abierto esperaba sobre la mesa. Miró el reloj: las tres y diecisiete de la madrugada.

Se dejó caer sobre la silla que chirrió quejándose.

—¿Cansado, vecino? —preguntó el imperturbable analista de cloacas.

—No, nomás agarrando vuelo. Había perdido la costumbre.

Hundió la mirada en los papeles. Con el material que le proporcionaba la lectura fue redactando mentalmente una folklórica crónica policial:

RADIO PATRULLAS RECIBIÓ LA LLAMADA A LAS SEIS Y VEINTE P.M.

Las unidades ciento dieciocho y setenta y seis de la policía de Tlalnepantla se presentaron en la esquina de avenida Morelos y Carlos B. Zetina, en la entrada de la empresa Acero Delex (Planta Matriz). Allí los recibió Zenón Calzada, jefe de turno, ingeniero a cargo de la operación de la planta en la zona de piso. Los acompaña hasta la oficina de la subgerencia donde encontraron el cuerpo del difunto.

Yo LO ENCONTRÉ, LA PUERTA ESTABA ABIERTA.

Gerónimo Barrientos, trabajador de aseo localizó el cuerpo veinte minutos antes. La oficina debería estar vacía a esa hora.

EL CUERPO ESTABA TIRADO SOBRE EL ESCRITORIO.

Zapatos de cuero negro, calcetines negros. Un traje gris claro de Roberts, manufactura a la medida. Corbata roja a rayas grises, totalmente ensangrentada. La cara hundida en las colillas del gran cenicero que simulaba una olla de vaciado de metal. Ventana abierta. Los pies colgaban a unos centímetros del suelo, en una posición extranatural. Las manos abiertas y caídas a los lados del cuerpo, las palmas miraban hacia afuera. Lentes rotos bajo el pecho.

LA SECRETARIA DIJO:

Nada estaba fuera de su lugar. Todo se encontraba en orden. "Tal cual."

ELLA SE HABÍA IDO A LAS CUATRO TREINTA:

Media hora antes que lo de costumbre, porque el ingeniero le había dicho que podía salir media hora antes, que estaba esperando a una persona, que si lo llega a saber, que ella siempre se quedaba hasta después, que normalmente cerraba la oficina, que el ingeniero le dijo que el contador Guzmán Vera puede confirmarlo pues estaba en el escritorio de ella —que comía una dona— cuando lo dijo el ingeniero por el interfón.

¿Qué? ¿Que a quién esperaba? No, eso sí no lo sabe.

Quién sabe, dijo.

LA TERCERA INTERESÓ AL CORAZÓN:

Las otras dos incisiones profundas de instrumento punzocortante lesionaron la primera el pulmón izquierdo y la segunda también el corazón.

Muerte instantánea. Dos o tres segundos a lo más.

SIEMPRE SÍ FALTA ALGO:

La foto de la ex esposa del ingeniero que estaba allí, y ya no está, que como el cuerpo debería haber caído sobre ella no me fijé.

También falta el cuchillo, puñal, bayoneta, navaja sevillana que causó la muerte.

¿HUELLAS?

—Podríamos pasar meses con las huellas digitales de los que entran en esta oficina, imagínese qué güeva —dijo el perito.

Al fin, la foto. La tomó y la contempló cuidadosamente. El cadáver se escondía a la vista, desaparecía bajo la muerte. Esa actitud grotesca, sugerida por las manos a los lados del cuerpo hundido en la mesa con las palmas hacia arriba, le molestaba. Restaba seriedad a la muerte.

Había otras dos fotos en el legajo. Una de ellas mostraba la cara de un hombre de cuarenta años, rígido, con leves canas a los costados de la cabeza, un bigote breve, mirada dura y sostenida.

La otra mostraba al mismo hombre caminando por el interior de la planta, una de sus manos señalaba un enorme horno a un grupo de visitantes entre los que distinguió al gobernador del Estado de México.

Eligió la foto del cadáver tras mucho pensarlo. La tomó cuidadosamente y avanzó hacia la galería que esperaba. Zapata y la muchacha del brazo enyesado contemplaron su viaje hacia ellos tras el breve intervalo que ocupó en robar cuatro tachuelas más en el estuche del tapicero.

—¿No va a poner a la virgen de Guadalupe? —preguntó el ingeniero sin levantar la vista.

—Era un colega suyo, mi estimado *Gallo*.

—Chinguen su madre mis colegas —respondió lacónico, *el Gallo* hundido en sus planos. Levantó la vista y lo miró, con una sonrisa amplia que desbordaba el bigote.

Lo menos que se podía decir de aquella esquina del cuarto es que estaba cobrando un carácter surrealista. Volvió al legajo. Y siguió elaborando la crónica roja que no tendría lector y nunca sería escrita.

UN CURRICULUM.

El ingeniero Gaspar Álvarez Cerruli nació en Guadalajara en 1936. Licenciatura en el Tecnológico de Jalisco en ingeniería industrial. Maestría en Iowa State University en control de personal. Trabajos efectuados para compañías méxico-norteamericanas (maquiladoras), de 1966 a 1969 en Mexicali y Tijuana. Gerencia de personal del consorcio Delex en 1970. Subgerente de planta de Santa Clara en 1974.

Propietario de acciones (cuarenta y dos por ciento) en la fábrica de colchones Trinidad administrada por su hermano. Casado en 1973. Divorciado en 1975. Sin hijos.

AL INTERROGAR LA POLICÍA AL PERSONAL DE PLANTA:

Nadie sabía nada. Eran las horas de cambio de turno. El personal de oficina se había ido una hora antes a más tardar. El segundo turno y el mixto se cruzaban con la salida del primero. Todo el mundo andaba en los patios y en los vestidores. Los dos encargados, Fernández, el de personal, y el ingeniero Camposanto estaban en la planta tomando un cafecito del termo del primero, que era mejor que el de la máquina de cafés y chocolates que había en las oficinas a escasos metros de la puerta del cuarto donde se cometió el crimen. "Fíjese si hubiéramos ido a la máquina."

SIN EMBARGO NADIE RARO PASÓ POR AQUÍ,

dijo el encargado de la puerta, policía industrial Rubio, placa seis mil cuatrocientos cincuenta y tres. Dos camiones de Chatarras el Águila y un cobrador de la compañía Electra, pero salieron antes de las cuatro y media. El resto son los anotados en el checador, personal que labora en la planta. No hay posible descuido, todos checaron en tiempo, menos el ingeniero Rodríguez Cuesta, el gerente, que no checa, pero al que recuerdo haber visto salir porque me dijo que le compusiera el gato del carro.

Eso limita los sospechosos a:

Trescientos veintisiete trabajadores cuyos nombres están en esta lista.

Confidencialmente... el licenciado Duelas escribe:

"Señor Belascoarán: reconozco que nadie lo estimaba demasiado, era un hombre retraído, de arranques violentos; sus compañeros no lo querían. Era un buen profesional, pero no intimaba con nadie. Adjunto la lista de los trabajadores que aún laboran en la empresa y a los que castigó con rigor durante sus funciones anteriores como jefe de personal de la Corporación. (Siguen sesenta y un nombres, de los cuales veintisiete estaban en la planta.)

Si está interesado:

Aquí están informes sobre la Corporación, los mandos de ésta, su poder económico. Se trata de generalidades, pero no pienso que necesite ahondar más."

Anexos entresacados del informe:

a) Nadie fue al entierro.

b) La dirección de la esposa: Cerro dos Aguas número ciento siete, Pedregal.

c) Sueldo del occiso: treinta y dos mil pesos mensuales.

d) La investigación ha sido contratada por la Cámara a petición del ingeniero Rodríguez Cuesta, gerente de Delex, que cubrirá los gastos.

e) Ha habido otro asesinato similar hace dos meses en la planta Química Nalgion-Reyes. Ingeniero Osorio Barba.

f) La fábrica se encuentra emplazada a huelga por el Sindicato Independiente de Trabajadores del Hierro, el Acero, Similares y Conexos de la RM. Hay un sindicato titular al que los patrones describen como "benévolo".

g) El hoy difunto tenía una sirvienta en la casa, que aún se encuentra allí. Dirección: Luz Saviñón 2012. La sirvienta tiene órdenes de dejarlo entrar. La casa es ahora propiedad del hermano hasta que no se aclare la situación.

h) Padres muertos. No tenía un club. No estaba suscrito a ningún diario. No pertenecía a ninguna asociación profesional.

Se levantó de la mesa y caminó hacia la ventana. Encendió un cigarrillo.

Afuera, ni un solo movimiento en la calle totalmente oscura.

—¿Cuánto hace que dura el apagón?

El ingeniero *Gallo* miró el reloj a la luz de la veladora.

—Dos horas y cacho.

Héctor abrió la ventana, la brisa de la noche sin luces mercuriales hizo danzar las llamas de velas y veladoras.

De la calle subía el olor denso de la ciudad y de la noche interminable. Bostezó mirando los edificios, los coches estacionados, postes, las vitrinas oscurecidas.

Reconocía que estaba desconcertado. Nuevamente la inercia, esa gran maestra de las ciencias sociales lo había tomado de improviso y lo había lanzado a las historias de otros hombres. De nuevo en el oficio de fantasma recorrió otros mundos. ¿No era eso la profesión de detective? La renuncia a la vida propia, el miedo a vivirla, a comprometerse con el propio pellejo. La excusa de la aventura para vivir de prestado. La inercia que había dejado la muerte de la madre. El vacío de no entender el país y sin embargo tratar de vivirlo intensamente. Todas esas cosas mezcladas las que lo empujaban al extraño caos en que se encontraba sumergido. No podía ser eterno. Algún día se encontraría ante una puerta que definitivamente ostentara su nombre.

Y mientras tanto, ofrecía a sus futuros clientes una máscara impávida que de vez en cuando daba señales de agudeza, que aportaba momentos de humor o reciedumbre pero que lo único que contenía era sorpresa, extrañeza ante la vida que corría.

—Vaya desmadre —dijo optando ante la solución mexicana por excelencia, que consistía en quejarse cuando comenzaba a doler la cabeza.

—Eso digo yo. Vaya desmadre —respondió el ingeniero en cloacas Javier Villarreal, compañero de despacho.

Belascoarán caminó lentamente hacia la mesa y abrió el tercer legajo, un fólder, un par de libros y unas hojas fotocopiadas.

El informe de su amiga Ana era conciso y ágil. Un breve resumen dejó los siguientes elementos sobre la cabeza de Belascoarán:

La historia de que Zapata no había muerto en Chinameca era vieja. Había tenido gran difusión en los años posteriores al asesinato del caudillo agrarista. Siempre se habían usado argumentos en el rumor popular para justificar que aún estaba vivo. Los más comunes eran:

a) A Zapata le faltaba un dedo que había perdido al dispárarsele una pistola defectuosa, y el cadáver del supuesto Emiliano los tenía todos.

b) La versión antes escuchada de que tenía un compadre que se le parecía mucho.

c) La historia que comentaba que el caballo de Zapata nunca dio señales de reconocer el cadáver y ese caballo lo quería enormemente.

d) Las informaciones de que el cadáver no tenía una verruga en la mejilla derecha o una marca en el pecho que de ser Emiliano *sí* hubiera tenido.

Los rumores recorrieron la prensa de la época y el gobierno permanentemente se encargó de desmentirlos. A eso se debía que hubiera película filmada sobre el cadáver de Zapata en la plaza de Celaya y varias fotos en las que las moscas pululaban sobre el muerto,

La nota de la investigadora reportaba el cúmulo de rumores e informes que antropólogos sociales habían recogido en los últimos años con un espíritu de rescate del folklore popular en los que se mencionaba la supervivencia de Emiliano Zapata. Rumores que iban hasta los niveles más grotescos, como uno, que se repetía periódicamente en que se daba la versión de que Zapata había escapado de Morelos unido a un grupo de mercaderes árabes y había recorrido el mundo con ellos vendiendo telas.

Belascoarán desechó el material. Nada consistente. Nada serio, nada más que los rumores que producía un pueblo al que le habían asesinado a un caudillo. La defensa natural contra un enemigo que manejaba los medios de información, y que controlaba hasta los mitos.

Revisó pacientemente las fotos de los libros sobre el sandinismo. Observando cuidadosamente, creyó ver algo en una de ellas: en el primer plano el general Sandino junto a sus lugartenientes, sombreros enormes que cubrían de sombra las frentes y los ojos. Agustín Farabundo Martí sonriendo tras el bigote espeso y el general hondureño Porfirio Sánchez, y el general guatemalteco María Manuel Girón Ramos. Y allá en el segundo plano una cara morena, un bigote breve, recortado, los ojos totalmente cubiertos por la sombra del ala del sombrero: "Zenón Enríquez, capitán mexicano", dice el pie de foto.

La única alusión que podía encontrarse.

Si las historias de la muchacha del brazo enyesado y del subgerente muerto mostraban una extraordinaria complejidad a primera vista, al menos señalaban algunos hilos conductores, algunos fragmentos de donde tirar; pero esta locura sobre Zapata no tenía pies ni cabeza.

Levantó la vista y contempló las tres fotografías, como si pudieran ofrecerle alguna clave.

Dejó a un lado de la mesa los libros sobre Jaramillo prometiéndose una lectura seria al día siguiente.

Se puso en pie y avanzó hacia el sillón de cuero café que había visto pasar mejores días, pero nunca arropado tan profundos sueños. Al paso apagó las veladoras sobre el escritorio.

—¿Se va a dormir, vecino?

—Algo hay de eso… ingeniero, ¿usted trabaja hasta qué hora?

—Más o menos hasta las seis, ex ingeniero —respondió con sorna.

Se dejó caer en el sillón y se arropó con la vieja gabardina que reposaba en el suelo. Encendió un cigarrillo y cerró los ojos después de ver la primera bocanada de humo subir hacia el techo donde bailaban las sombras a la luz de las veladoras.

—¿Y qué hace?

—Aquí nomás, verificando si otra lluvia como la de anteayer revienta la red del noroeste y se ponen a nadar en meados los ciudadanos de Lindavista.

—Carajo, esta ciudad es mágica, qué putamadral de cosas pasan…

—Nunca hubiera usted utilizado esa palabra cuando era ingeniero, colega —dijo *el Gallo*.

—Forma parte de la magia —respondió Héctor.

IV

Es mejor encender un cirio que maldecir la obscuridad.

ROBERTO FERNÁNDEZ RETAMAR

LA HORA de los lecheros, la llamaba su hermana cuando caminaban juntos a la escuela hacía años. Esa hora en que el sol no se atrevía ni a asomarse. Sin embargo, fieles al reloj, los mexicanos tomaban por asalto la calle. Salió con el ingeniero del despacho y caminaron juntos hasta la esquina. Allí el experto en cloacas se despidió y desapareció en la neblina. El frío acongojó a Héctor; el frío y las dos horas largas que apenas había dormido. El alumbrado público estaba encendido después del largo apagón de la noche. Encendió un cigarrillo y caminó con paso rápido jugando a adivinar los oficios de los hombres que se amontonaban en las esquinas esperando el camión.

Ése, maestro; ése, albañil; ése, obrero; ése, estudiante de normal; ése, ayudante de carnicero; ése, periodista, y se va a dormir. Ése, detective, dijo de sí mismo al ver su imagen reflejada en una vidriera. La negrura comenzaba a ser sustituida por un grisáceo color preludio del amanecer.

Con el cambio de luz aumentó la violencia de los ruidos. Contempló, en el espejo exterior de una farmacia cerrada, las ojeras que le había dado la noche en vela. Los ojos, dos puntos brillantes. Decidió que estaba contento, a pesar de los bostezos y el frío. Era la ciudad, esa ciudad a la que amaba tan profundamente, tan sin motivo, y que lo acogía con aquel amanecer gris sucio. O más que la ciudad, era la gente.

Quizá lo que pasaba era que el frío y la hostilidad del amanecer volvían más solidarios a los seres humanos. En las seis cuadras que llevaba caminando, había encontrado seis sonrisas, al paso; sonrisas de esas que se regalan en la mañana fría, al primero que pasa.

Logró subir a un Artes-Pino, de los que acababan de marcar con el letrero de Refinería. En medio del apachurre trató de cubrir la pistola que llevaba en la funda del sobaco con el brazo, pero lo más que logró fue evitar metérsela por el ojo con todo y funda y brazo a una secretaria chaparrita, sacarse del culo un portafolio, y evadir una regla T que amenazaba con botarle los dientes al primer frenazo brusco.

Bajó en Artes y caminó por Sadi Carnot hasta la entrada del colegio. Las muchachas en pequeños grupos le advertían de la proximidad, y cuando estaba a media cuadra el cambio de los ruidos del tráfico sustituidos por la algarabía controlada y alborozada de las muchachas le indicó que había llegado la hora de detenerse. Se apoyó en la pared de enfrente de la escuela al lado de un vendedor de tamales. El calor del carrito a los pocos minutos le aumentó la somnolencia.

En la puerta, un grupo de muchachas discutían moviendo mucho las manos, aprovechando los últimos minutos antes de ingresar a la cárcel. Una monja joven y tremendamente miope se asomaba de vez en cuando con el único propósito de mostrar a las remisas su presencia allí.

Faltaba un cuarto para las siete y ya el amanecer, la luz limpia que combatía contra la luz gris, iba ganando la partida.

Unos metros adelante de Héctor se detuvo una camioneta. Una Rambler verde claro de la que bajaron dos muchachos. Abrieron la parte de atrás y de una caja sacaron un par de refrescos. Uno de ellos los abrió con un desarmador.

Héctor vio al sujeto de su espera desde lejos. Caminaba sola con paso apresurado, aún traía el brazo enyesado y lo sujetaba con una cinta morada que le colgaba del hombro.

Traía ladeada la boina del uniforme y su falda larga de tela escocesa ondeaba al paso. Los libros bajo el brazo sano en un montón difícil de manejar. Un morral gris le colgaba del hombro. Traía la cara seria, el mensaje de la prisa en el ceño fruncido. Héctor la dejó pasar a su lado sin moverse. Los dos jóvenes de los refrescos se separaron del coche y caminaron hacia ella para cortarle el paso cuando cruzaba la calle. La muchacha levantó la vista que traía puesta en los libros y se sobresaltó. Uno de los muchachos tiró al suelo el refresco cerca de los pies de la muchacha. El refresco explotó y los vidrios saltaron por todos lados. El otro le cerró el paso y le tomó el brazo sano. Los libros cayeron al suelo.

Héctor se desprendió de la pared a la que parecía que había estado pegado. El muchacho que había tirado el casco al suelo tomó el refresco de su compañero y repitió el juego. Los vidrios saltaron de nuevo.

Tras Héctor, el vendedor de tamales dejó su carrito y siguió al detective.

De la camioneta bajó un tercer muchacho con otros tres refrescos en las manos. Héctor lo observó con el rabillo del ojo sin cesar de acercarse.

El juego aterrorizaba a la muchacha que trataba de desprenderse, sin decir nada, en silencio, como en una película muda del brazo que la atenazaba.

—Se acabó la pachanga —dijo Héctor al llegar al lado del trío.

—A usted le vale madres —respondió uno de los muchachos. Un suéter guinda bajo la chamarra de pana verde.

Alto, de cabello castaño, con una pequeña cicatriz bajo el ojo derecho.

Allí fue donde Héctor le puso el primer golpe. Con la mano abierta, con el dorso. El tipo se tambaleó y Héctor aprovechó el desconcierto para darle una patada en el muslo al tipo que sostenía el brazo de la muchacha.

El tipo gritó y cayó al suelo en medio de las cocacolas destruidas.

El tercer muchacho que se acercaba fue detenido por el tamalero que se cruzó en su camino con un fierro sacado de quién sabe dónde en la mano.

Chamarraverde que estaba en el suelo sacó el desarmador.

—Quién te mete cabrón —dijo.

—El arcángel San Gabriel —dijo Héctor muy a tono con la monja que contemplaba espantada la escena.

Le dio una patada en la barbilla y oyó como crujía la mandíbula.

Lo desconcertante de Héctor y que le permitía mantener el control de la situación era que golpeaba sin avisar, sin indicar que iba a hacerlo. Sin calentar el ambiente, sin preparar. Inmóvil, con la mano derecha metida en el bolsillo, sin mirar a los dos tipos, contemplando los libros caídos en el suelo, de repente soltaba el golpe.

El que había tirado los refrescos retrocedió.

—¿Por qué le pega, pendejo? —dijo mientras caminaba hacia el coche.

—Así de cabrones somos los mexicanos —dijo Héctor, y sin mediación sacó la pistola y disparó contra la caja de refrescos del coche. Saltaron en pedazos, líquido desparramándose. Tres colegialas que llegaban tarde a clases corrieron hacia el portón gritando.

Los tres jóvenes salieron corriendo hacia el carro.

Chamarraverde cojeaba, y *Aprietabrazo* escupía sangre con la mano cubriéndose parcialmente la cara.

Héctor guardó la pistola en la bolsa y le sonrió al hombre de los tamales.

—Fue un tiro de suerte —dijo. Normalmente no le pego a esta distancia.

El hombre de los tamales sonrió también y se retiró hacia su carrito. La Rambler había arrancado en reversa y así siguió hasta el fin de la cuadra. La muchacha estaba recogiendo los libros y lo veía con una mezcla de espanto y admiración.

—¿Tú quién eres? —preguntó cuando se disponía a reiniciar camino hacia el portón de la escuela, al fin el portón y su seguridad.

—Belascoarán —dijo Héctor entretenido en pisar los vidrios y mirando el suelo.

—Belascorán, el ángel guardián —rió la muchacha y se despegó de él.

—...coarán, Belascoarán Shayne —dijo Héctor levantando la vista del suelo—. ¿A qué horas sales?

—A las dos —dijo ella deteniéndose un momento.

—No te vayas, a lo mejor llego tarde —Héctor metió las manos en los bolsillos y sin esperar respuesta salió caminando lentamente, sin mirar atrás. La muchacha se quedó un instante contemplándolo y luego corrió hacia el portón de la escuela. La monja la tomó en sus brazos y la abrazó.

El hombre del carrito de tamales lo vio alejarse.

En el Monumento de la Revolución tomó un Carretera Norte. Viajó de pie colgado de la barra con la mano derecha. La izquierda le dolía por el revés y se le estaba poniendo roja.

Al pasar por avenida Hidalgo cambió de planes y se bajó. Caminó en medio de la gente que entraba a la oficina del PRI del DF hasta llegar a una de las librerías de viejo.

Si iba a pasar la mañana en camiones quería tener algo que leer. Tras mucho hurgar en una pila compró *Manhattan Transfer* de Dos Passos, en una edición vieja y con la portada rota que en sus mejores días había estado dedicada a "Joaquín, con amor de Laura Flores P."; se la dieron tras un buen regateo en ocho pesos.

Nuevamente en un Carretera Norte, logró sentarse en los asientos de hasta atrás y así viajó hasta el Rancho del Charro. Pudo leer un par de capítulos y ver de vez en cuando en qué basurero se había convertido el norte de la ciudad desde que él venía a hacer prácticas de geología a Indios Verdes en sus días de estudiante.

Recurrentemente la sonrisa le inundaba el rostro al recordar la pelea.

No era un hombre de violencia. Nunca lo había sido. Había sobrevivido a la violencia que le rodeaba sin mancharse, desde lejos. No recordaba más que un par de peleas en los últimos días de ingeniería y una pelea en un cine una vez que habían intentado robarle la bolsa a su ex mujer. Pelea en la que por cierto había salido mal parado porque le habían roto la boca con el puño de un paraguas. Por eso quizá le fascinaba más que el resultado, el estilo que había encontrado. Esa violencia seca, fría, que salía de ninguna parte. Cada vez que la mano adolorida se lo recordaba sonreía. Hasta que terminó por avergonzarse ante una actitud más que infantil, tan reiterativa. Cambió de camión en Indios Verdes donde tomó un San Pedro-Santa Clara, verde. Alcanzó a leer otro capítulo de Dos Passos mientras el camión se abría paso a través de Xalostoc, traqueteante, evadiendo hoyos y amenazando ciclistas. Tiró del cordón y se dejó golpear por el aire en la cara colgando del estribo, hasta descolgarse cerca de la esquina de la Brenner. Lloviznaba.

La zona no era nueva para él. Durante cuatro años pasó en coche por allí tratando de mirar lo menos posible hacia los lados, odiando el polvo y el mercado, las obras de ampliación de la calzada Morelos, y las masas que asaltaban los camiones a las cinco y media. Había tratado de ignorar que existía mientras salía de allí rumbo a la confortable seguridad apestosamente clasemediera de la Nápoles. Había tratado de no inmiscuirse en la multitud de cosas que adivinaba o intuía. De no tener nada que ver con aquella zona fabril crecida en el polvo y la miseria que había tragado en los últimos cinco años cien mil emigrantes del campo, incorporándolos a los charcos de azufre, el polvo suelto, los policías borrachos. Los fraudes en terrenos, el matadero de reses ilegal, los salarios por abajo del mínimo, el frío que venía con el aire del este, y el desempleo.

Allí la industria seguía oliendo a siglo XIX. La trampa sutil de la industria modelo, limpia y eficaz, no tenía lugar ni espacio. El hierro tenía herrumbre, los cascos de seguridad no habían sido inventados, las rayas de fin de semana se anotaban en libreta que luego desaparecía, las materias primas eran de segunda y los patrones robaban las cajas de ahorro. Ahí, el capitalismo mexicano mostraba la cochambre, la suciedad intrínseca que en otros lados disimulaba tras ladrillos blancos y fachadas higiénicas.

Belascoarán lo conocía y, a pesar de conocerlo, sabía que sólo había arañado la superficie, que nunca había querido saber mucho más. El coche siempre esperaba en la puerta de la gran empresa donde había trabajado y había cruzado aquellos cinco kilómetros sin abandonar la calzada principal, con las ventanillas cerradas y el estéreo del coche funcionando.

Había cerrado oídos y ojos.

Por eso, cuando descendió del camión, un vago sentimiento de culpa lo invadió y se lanzó velozmente hacia un puesto de jugos donde cuatro o cinco obreros completaban el desayuno.

—Uno de naranja.

—¿Con huevo?

—Nomás solo —dijo. La mezcla no le atraía.

Tomó el jugo mirando la nube de polvo que se formaba a media calzada.

Los obreros se habían hecho a un lado cuando llegó y continuaban bromeando en una conversación que Héctor pescó inconexa, donde las nalgas de uno, los granos que tenía en la cara un capataz y un cabrón médico del Seguro Social que recomendaba aspirinas para los reumas, se mezclaban.

Después de pagar aventuró una media sonrisa que fue ignorada por los trabajadores. Caminó adentrándose en la zona fabril.

—Pase usted, jefe —dijo el vigilante.

Héctor grabó la cara en la memoria.

Los patios interiores tenían un color gris plomo contrastando con la fachada azul llena de pintas rojas: ABAJO LIRA, AUMENTO O HUELGA, ZENÓN PERRO PUTO, HUELGA...

Tras el vigilante encargado del tarjetero dos policías industriales con cara de pocos amigos, uno de ellos con una escopeta de dos cañones cortos, hacían guardia.

Caminó recorriendo la planta, un laberinto de patios y pasillos que terminaban en grandes galerones techados de ocho metros de alto. Obreros a medio uniformar con overoles o sólo camisas azul oscuro circulaban sin aparente orden.

Al fondo del patio central, tras una zona de carga y descarga en que operaban seis o siete camiones pesados, una línea de pequeños edificios de dos pisos, pintados de blanco cremoso con los detalles en azul oscuro, esperaban.

—Licenciado Duelas, para servirle.

—Belascoarán —dijo Héctor aceptando la mano tendida.

—No lo esperábamos...

—Decidí aceptar su oferta.

—Pase usted, no lo hago esperar, hay una reunión del consejo en estos momentos.

Recorrieron oficinas interiores despertando la mirada de las secretarias distraídas.

¿Cuál sería la que estaba comiendo una dona?

Tras la puerta de madera clara, una sala de juntas con sillones negros de cuero. Cuatro hombres sentados.

—El señor Guzmán Vera, contador de la empresa —un hombre delgado, atildado, con lentes de aro cabalgando sobre la nariz—. El ingeniero Haro —un joven ejecutivo. Héctor conocía a cien como él, recién salido de la escuela...—. El ingeniero Rodríguez Cuesta, gerente general —pelo blanco, plateado, traje inglés, bigote blanco poblado, moreno—. El ingeniero Camposanto —sonrisa fácil dentro de una cara redonda excesivamente bien afeitada para su gusto, cuarenta años.

—Muy buenos días, señor Shayne —dijo el gerente a nombre de todos. Los otros tres asintieron con la cabeza como si las palabras lo ameritaran.

—Belascoarán Shayne —corrigió Héctor.

El gerente afirmó.

Tras los personajes sentados se adivinaban los patios de la empresa, los hornos funcionando, el ruido de la maquinaria, los obreros sudando.

Héctor sin esperar invitación se sentó. Duelas se acomodó a su lado.

—El problema es sencillo —arrancó sin esperar orden de fuego el licenciado.

Parecía como si hubiera sido nombrado previamente portavoz de la empresa.

—Tenemos graves conflictos laborales entre las manos, la zona de Santa Clara vive una gran inquietud. Los negocios, como usted sabe, no han ido excesivamente bien este año ingrato. Y en dos meses ha habido dos asesinatos... La policía no nos inspira confianza. Queremos saber si hay una conexión entre los dos, y quién lo hizo... En esto puede resumirse la postura de la empresa... Y desde luego la de la Cámara en cuyo nombre hablo.

Tengo que añadir, que si bien no lo mencionaba el informe, en ambas empresas tenemos intereses, y en ambas hemos tenido problemas con el mismo sindicato... —dijo el gerente.

—Si quieren culpar al sindicato no veo para qué me necesitan... La policía suele hacer esas cosas.

—Probablemente lo hagamos... Pero además queremos saber quién es el culpable y qué hay atrás —respondió el gerente.

"¿Qué traen en la cabeza, qué les pasa?", pensó Héctor.

—Su pago puede usted arreglarlo con el señor Guzmán Vera.

El aludido asintió.

—¿Podría saber por qué me contratan a mí?

—Sabemos que usted trabajó en una gran planta industrial, que tiene un título de ingeniería y una maestría en Estados Unidos... No nos interesan los motivos por los que abandonó su carrera... Pensamos que usted es... cómo decirlo... un miembro de la familia, que usted conoce tan bien como nosotros una planta industrial, y sabe los problemas que hay en ella, así como en términos generales, entiende nuestra forma de pensar...

"Entre gitanos no se leen las manos", pensó Héctor.

—De acuerdo.

Dijo, y casi inmediatamente se arrepintió. En qué puta cloaca iba a meter las manos.

Los cinco hombres sonrieron levemente y se quedaron esperando a que Héctor se levantara.

Al fin, éste se puso de pie y seguido por el contador abandonó la oficina sin despedirse.

Lo había jodido íntimamente la respuesta. Recordó que sobre la mesa había un paquete de Philip Morris y otro de Benson & Hedges. Nadie fumaría Delicados sin filtro allí. El populismo de López Mateos no cabía en esa realidad. ¿No se podría olvidar? ¿Estaría condenado a vivir siempre del mismo lado de la barda? ¿Esa especie de sello masónico, que lo marcó sin saberlo cuando entró a la Facultad de Ingeniería y que le daba patente de capataz, cómplice de patrones de por vida, no se borraba?

Estuvo a punto de mentarle la madre en voz alta a aquel ingrato día en que en lugar de irse al café de Arquitectura a ver las piernas de las muchachas había entrado a su primera clase.

Guzmán tomó la iniciativa y con una sonrisa de superficie lo guió a través de los corredores hasta una diminuta oficina. Abrió con llave, se dejó caer en un sillón y mostró a Héctor el de enfrente.

Héctor se cuidó de dejar caer la ceniza de su cigarrillo sobre la alfombra.

—¿Le parece a usted bien mil pesos por día durante los primeros quince días más gastos justificados?

—Creo que no les voy a cobrar —respondió Héctor—. Déjeme pensarlo.

El contador se quedó mirando sorprendido.

—Siempre sí les voy a cobrar, ya lo pensé. Son mil quinientos día por diez días. Si para entonces no sé quién fue, lo dejamos. No hay gastos. Viajo en camión.

Se levantó y salió hacia la puerta.

—Al final cobro, no se preocupe.

Cerró la puerta y salió caminando, recorriendo nuevamente el laberinto.

—¿A qué hora salen los trabajadores a comer? —preguntó al encargado de la puerta.

—A la una y media los encuentra. Se van a comer a

esa lonchería de allá, o comen en la banqueta, o en esos puestos —dijo señalando.

—¿No tiene comedor la empresa?

—Tiene, pero en estos días no lo usan —respondió enigmático el encargado.

—¿Y por qué no lo usan?

—Desde el emplazamiento a huelga comen acá… Aquí se reunían antes… —dijo la mujer de la lonchería.

Héctor había venido caminando despacio y se había dejado caer en la mesa con mantel de plástico roto en varios sitios. Tomaba un Jarrito rojo, extraño refresco de color brillante al que se había aficionado por una mezcla de gusto por el azúcar y amor a las costumbres patrias.

—Como quien dice, ya no comen en el interior de la empresa para poder platicar a gusto…

—Como quien dice… —respondió la mujer que perseguía a una niña pequeña para quitarle los mocos. Después de sonarla levantó la mirada, puso las manos en las caderas y preguntó:

—¿Usted trabaja para la empresa?

—Sí, señora… Pero no de oreja, es más: quisiera hablar con los muchachos del sindicato…

—Ellos no se esconden, aquí los tiene a la hora de comer.

La mujer dio la vuelta y se metió en la trastienda.

Héctor sacó una libreta ajada y tomó algunas notas:

¿Por qué dicen que Zenón es perro puto?

Los sandinistas pasaban por Costa Rica, ¿habrá algún pasaporte extendido allá por el año 32 que dé pistas de don Emiliano?

¿Por qué llevaban una caja de refrescos en la camioneta?

¿Qué trae en la cabeza el gerente, qué además del sindicato les preocupa?

—Al terminar la última nota se quedó pensando.

En México no había guerras por problemas de competencia. O si las había, él nunca había oído; la burguesía se había civilizado en los últimos años.

Más bien, el Estado había acumulado sobre sus espaldas la responsabilidad de generar violencia. El Estado o el sindicalismo charro. Por ahí tenía que andar la cosa.

Al principio la breve reunión con los industriales le había dejado la idea en la cabeza de que tenían miedo de algo, y que mostraban demasiado cerca de la superficie los problemas que tenían con el sindicato independiente. Si sólo era eso, la policía colaboraría gustosamente para hacer de los crímenes y del sindicato un mismo paquete navideño.

Héctor se preciaba de haber podido mirar de frente su pasado, y aunque no le había resultado fácil la ruptura con trabajo, mujer y vida entera, se había convertido en detective en un país en el que la lógica negaba su existencia, pero que al mismo tiempo admitía cualquier irracionalidad y por lo tanto, ésa; había podido convertir la negación brutal e intuitiva de su vida de ingeniero en tiempos y movimientos con casa en la Nápoles y veintidós mil pesos de salario mensual, en una negación racional aunque por eso no menos apasionada.

Sabía que una empresa fuerte no suele tener miedo. Sabía que el miedo surge del enfrentamiento al Estado, o de una oleada apabullante de la competencia. Pero la violencia solía asociarse con la primera perspectiva y no con la segunda. También es cierto que en los últimos años las patronales enfrentaban el fenómeno del sindicalismo independiente desde una perspectiva feudal. No sabía por qué, factores sumados en su cabeza sin que él mismo los organizara, decían que la cosa andaba por otro lado.

Le quedaban dos horas y media muertas por enfrente y decidió cambiar de planes.

—Señora… ¿A qué hora es la salida?

—La salida de turno… A las tres y media, joven.

Dejó cuatro pesos sobre la mesa y salió no sin antes dedicarle una sonrisa franca a la niña que gateaba cerca de la mesa, la cual, para sorpresa, quizá porque no le habían dicho que seguía siendo un extraño, se la devolvió.

—Buenas, vecino. ¿Qué haciendo? —preguntó el tapicero cuando Héctor lanzó la gabardina hacia el perchero.

—Nomás de paso.

El hombre repasaba atentamente las páginas del aviso oportuno. Cazador de talachas, buscador de subempleos. Con un plumón rojo subrayaba.

—¿Salió algo? —preguntó Héctor mientras se dejaba caer en el sillón.

—Nada… Una pinche remendada de un sillón a un güey de aquí junto que tiene una papelería, pero el muy ojete sólo quiere dar el material y cien pesos.

El tapicero, al que Gilberto le había subarrendado el despacho en las mañanas, siempre estaba de buen humor; y parecía que además, siempre estaba buscando empleo. Si le hubieran pedido a Héctor una definición hubiera dicho: Chaparrito, barbón, siempre anda de buenas, siempre hundido en el Aviso Oportuno.

—Le dejó allá arriba de la mesa un recado su hermano.

En el centro de la ciudad el sol dominaba. La llovizna se había quedado atrás, en Santa Clara.

"Estoy en el café La Habana hasta las doce y media", decía la nota.

Volvió a ponerse la gabardina y caminó hacia la puerta.

—Tiene cara de sueño, maestro —dijo el tapicero.

—Algo hay de eso… Que haya suerte.

Cuando abría la puerta, dio de frente con Gilberto, el plomero compañero de oficina desde los días buenos.

—Órale pues, sin atropellar, mi buen.

—Dijo la señora que le debía usted lo de la lavada —contestó imperturbable el detective.

—Le debía la lavada de nalgas —respondió más imperturbable el plomero.

—¿Mande usted? —dijo Carlos el tapicero sin levantar la vista del periódico.

—La de mear —dijo el plomero dejando caer sobre la mesa del escritorio una bolsa café llena de tubos viejos.

—Será lo que sea, pero páguele, no sea cabrón —dijo Héctor saliendo.

—Ahí se sienta —acotó el tapicero.

—Lo veo triste —escuchó Héctor mientras cruzaba raudo al elevador antes de verse inmiscuido en el combate verbal.

Caminó por Artículo 123 hacia Bucareli. Era la hora de "la corte de los milagros" de los voceadores de periódicos. Había un partido de futbolito enfrente de la iglesia extraña de Artículo 123 y una pelea a patadas unos veinte metros más allá. Con la gabardina bajo el brazo y con los ojos llorosos un poco por el sueño y otro poco por el smog, Héctor se fue pensando en el despacho. No lo cambiaba por nada. El contacto con los dos artesanos y con el extraño experto en cloacas de las noches, le remitían a su verdadero lugar en México. Él era un artesano más, con menos oficio que los otros tres, con menos capacidad profesional. Él era un mexicano en la jungla mexicana, y tenía que impedir que el mito del detective, cargado de sugerencias cosmopolitas y de connotaciones exóticas se lo comiera vivo. Los albures y las referencias al canal del desagüe le aportaban diariamente una dosis de mexicanidad inevitable reafirmada por las discusiones sobre el aumento de precio de los refrescos y los cigarros, los debates sobre lo ojetes que eran los dueños de tlapalerías de origen vasco-gachupín, los informes sobre los estrenos de las carpas y los triunfos de televisión del último cómico. Además, desde un aspecto puramente práctico, se había conseguido tres eficientes secretarias, que no protestaban por recoger recados, dar mensajes, cuidar archivo. En retribución Héctor se veía obligado a tomar encargos de tapicería y plomería, a informar sobre precios de reparación de *love-seats* en pliana, o de llaves trasroscadas; y de pasada a recoger mensajes de la novia del ingeniero.

Si hubiera que seguir sumando factores positivos habría que añadir que el despacho conservaba un clima de agilidad mental notable que lo desembotaba; una luz excelente en las mañanas, y una versión de la ciudad, esas calles del centro atestadas de ruido y gente, de la que estaba enamorado.

Al llegar a Bucareli en lugar de girar a la izquierda se robó un instante y fue hacia la derecha, para comprar una paleta de fresa, de las mejores que se hacían en el maldito DF.

Carlos, su hermano, estaba sentado ante un café express y una novela de Howard Fast.

—Quihúbole viejo —tiró la gabardina y se sentó.

Pidió un café y unas donas a la mesera y se quedó esperando que Carlos abriera el fuego.

—¿Puedes venir a la noche a la casa?

—¿Qué tan noche?

—Como a las nueve.

—Antes.

—A las ocho.

—Hecho. Así estamos los tres y hablamos un rato de la famosa herencia.

—¿Te chinga mucho, no?

—Bastante —dijo Carlos.

—¿Qué sabes de Procesadora de Acero Delex?

—¿Qué haces metido allí?

—Tú primero.

—Es una empresa con tres plantas en el DF y otras dos en Guadalajara. Atascada de transas. Tiene mala fama en el medio industrial. Muy fuerte económicamente. No sé quiénes son los mandos.

—¿Sabes algo del sindicato?

—¿El charro?

—No, el de ustedes.

—Algo.

—Carajo, dímelo ya… No soy agente de la patronal.

—Eso ya lo sé… —levantó la mano y pidió a la mesera, señalando la taza vacía, otro café.

—Le quieren poner un cuatro al sindicato. Quieren usar el asesinato del ingeniero para fregarlos —dijo Héctor abriendo el fuego.

—Ya nos lo olíamos.

—¿Me puedes poner en relación con alguien?

—Mañana.

—¿Hoy no?

—No conozco personalmente a los compañeros de allí.

—¿Me puedes acompañar?

—¿Qué estás haciendo? —dijo Carlos. Héctor sorbió lentamente el café antes de responder.

—Estoy intentando saber quién mató al ingeniero ése. Me contrataron hoy.

—Es un trabajo medio mierda. Se cruza la bronca con el sindicato.

—Ya lo sé.

—Tengo que llevar las pruebas de imprenta que corregí ayer a la editorial. Ando muy jodido de dinero —Carlos sonrió.

—A las tres y media en la lonchería que está enfrente de la planta… ¿Cinco minutos?

—Órale pues… ¿No te creará problemas que te vean con los nuestros?

—Me importa un reverendo cacahuate.

—Allá nos vemos… Tú pagas —Carlos se levantó de la mesa—. ¿Sabes algo de tu muchacha de la cola de caballo? —preguntó a modo de despedida.

Héctor alzó los hombros.

—Llegan cartas.

—Poca cosa, viejo.

Le pasó la mano por la nuca en un gesto entre fraternal y paternal.

En el café saturado de ruidos por las conversaciones Héctor bostezó y se quedó pensando que de alguna manera inexplicable los papeles se habían trastocado entre él y su hermano menor para dejarlo convertido en el benjamín de la familia.

La muchacha del brazo enyesado esperaba apoyada en el portón, y al verlo desde lejos se desprendió avanzando hacia él. Al caminar balanceaba el morral que colgaba del mismo hombro donde se sujetaba el pañuelo que sostenía el brazo inmóvil.

Héctor contemplaba fascinado la algarabía de las muchachas de blusa blanca y falda escocesa que se desplegaban como plaga por la calle entera. El viejo de los tamales le sonrió al paso, reconociéndolo.

—¿Estuvo fuerte, eh?

Héctor asintió con la cabeza.

—Ángel guardián —dijo la muchacha a modo de saludo haciendo una leve reverencia.

—Hola —respondió Héctor sin encontrar nada más que decir.

Caminaron juntos sin hablar hasta Insurgentes. El sol de mediodía sacaba chispas en las vidrieras. Por tres veces pareció que Héctor diría algo, pero se limitó a dar rabiosas chupadas al cigarrillo. La muchacha lo miraba sorprendida, desconcertada, de reojo.

—¿No vienes? —preguntó con el pie en el estribo del autobús.

—Más tarde. Tengo cosas que hacer.

Y se quedó parado en la esquina, mirando a la muchacha que recorría el autobús hasta sentarse en el asiento trasero y mirar hacia atrás.

No había sabido qué decir y cómo empezar. Héctor se daba cuenta de que su aire profesional no era otra cosa que la expresión del desconcierto en que vivía. ¿Qué hubiera dicho un detective de novela?

Probablemente hubiera hecho lo mismo que él, hubiera permanecido callado realizando la silenciosa custodia de la muchacha. Pero lo hubiera hecho por motivos diferentes, no por timidez.

Bostezando tomó de nuevo rumbo al norte.

Irregulares filas salían de la fábrica. Algunos grupos se dirigieron de inmediato a la lonchería. Las mesas se fueron llenando.

Héctor se levantó de la mesa.

—¿Quién es del sindicato del hierro? —preguntó a un obrero gordito, de gorra de lana con pompón azul.

Éste señaló la mesa de enfrente. Se hizo un leve silencio en la lonchería. Todas las miradas cayeron sobre él, sólo el ruido de los refrescos al caer sobre las mesas. Avanzó decidido.

—Quisiera hablar con ustedes.

Un hombre alto, con bigote de zapatista, le indicó la silla. Dos más compartían la mesa: un obrero de overol azul, que empezaba a quedarse calvo, con mirada chispeante y una media sonrisa eterna en la boca, junto con el cigarrillo que colgaba, de unos cuarenta años, y un chaparrito barbón, con suéter guinda y pantalones de Milano del mismo color, sólo delatado por un par de manos enormes y callosas.

Héctor miró hacia la puerta esperando la entrada de su hermano. El flujo continuaba desde la fábrica, la lonchería estaba cada vez más llena y silenciosa en contraste con el bullicio de afuera.

—La empresa me contrató para descubrir quién asesinó al ingeniero Álvarez Cerruli... Probablemente traten de echarles el muerto encima a ustedes... Aunque trabajo para ellos, voy a tratar de evitarlo, y la única forma que se me ocurre es encontrando al verdadero asesino... Necesito que me ayuden.

Los hombres se miraron entre sí.

—¿Usted quién es?

—Me llamo Héctor Belascoarán Shayne.

El nombre no produjo reacción.

—¡Por qué no le pregunta a Camposanto! —dijo una voz mesas más allá.

Los hombres de la mesa rieron.

—¿Por qué no le dice a Camposanto que lo invite a una fiesta? —dijo la voz del gordito a sus espaldas.

Nuevas risas.

—Dígales que nos vale verga que nos quieran echar el muerto encima —dijo el hombre alto, y dio por terminada la conversación.

Héctor se levantó y salió después de dejar unos pesos al lado del refresco que había tomado.

El sol le pegó en la cara haciéndolo parpadear. Tenía sueño. Caminó hacia la entrada de la fábrica. Un grupo de obreros jóvenes vendía *El Zopilote*, un pequeño periódico sindical, ante la mirada hosca de los policías industriales que flanqueaban a un empleado de confianza. Compró uno, echando en el bote rojinegro que le pusieron enfrente cinco pesos.

—Gracias compa…

Con el periódico en la mano entró a la empresa ante la mirada de reconocimiento del vigilante, entre obsequiosa y molesta.

¿El aire vibraba sacudido por una gran tensión? ¿O era simplemente que el cansancio estaba empezando a dominarlo y lo hipersensibilizaba?

La secretaria accedió a entregarle la lista de las direcciones particulares del personal de confianza, tras consultar por teléfono. Héctor fumó un nuevo cigarrillo mientras esperaba que la muchacha pasara a máquina nombres y calles.

—¿Quién era la secretaria del ingeniero Álvarez?

La muchacha señaló hacia un escritorio situado diez metros adelante sobre el pasillo. Una muchacha de unos veinticinco años trataba de bajar unos fólders de un archivero mostrando las piernas bajo una falda verde esmeralda.

Héctor caminó hacia ella.

—¿Le ayudo?

—Ay, por favor… Nomás los fólders amarillos.

Héctor se estiró para tomarlos y los pasó.

—¿Usted era la secretaria de Álvarez Cerruli?

La muchacha lo miró por primera vez.

—¿Policía?

Sobre el escritorio un envoltorio de panquecitos abiertos. Migas en abundancia.

Héctor negó con la cabeza.

—Nadie lo quería, ¿verdad?

—Era muy seco, muy, cómo decirle… rígido.

—¿Cómo se llamaba el otro ingeniero que murió hace un par de meses, recuerda?

—El ingeniero Osorio Barba, sí, cómo no… Trabajó aquí hace dos años… El ingeniero Álvarez Cerruli lo conocía bien.

—¿Sabe si estaban relacionados de alguna manera?

La muchacha bajó la vista.

—Se conocían bien.

—¿Cómo reaccionó su jefe cuando supo que había muerto?

—Se pasó encerrado todo el día en la oficina.

—Una última pregunta.

—Perdóneme tantito, tengo que entregar esto.

—Sólo una pregunta —dijo Héctor tomándola del brazo, el músculo se tensó bajo el suéter

—¿Alguien lamentó la muerte de Álvarez...?

—Ahorita vengo... —dijo la muchacha librándose de la mano.

Héctor caminó hasta el escritorio y tomó la lista que le tendía la muchacha.

Carlos lo esperaba en la puerta de la empresa platicando con los vendedores del periódico. Se apartó para interceptarlo.

—Los del comité ya se fueron. Disculpa la tardanza, pero no encontraba al cuate que podía conectarme con la gente de aquí.

—No entiendo un carajo... Cuéntame la historia de lo que pasa con el sindicato.

Caminaron juntos en medio del polvo. En las puertas de la fábrica sólo quedaban los vendedores del periódico esperando a los rezagados del segundo turno, y un par de trabajadores jugando volados con un jicamero cerca de la esquina.

La sensación de ajenidad, de extrañeza al ambiente empezaba a ponerlo nervioso.

En Relaciones Exteriores no trabajaban en la tarde, de manera que después de echarse un sueño en el camión de regreso y de leer *El Zopilote* (¡TITULARIDAD DE CON-

TRATO O HUELGA!, GALERÍA DE PERROS, UN PARO EN EL DE-
PARTAMENTO DE AJUSTE TERCER TURNO, SOLIDARIDAD
CON LA IEM) en el segundo camión, alquiló un coche en
una agencia de Balderas y compró el periódico para buscar
un cine donde meterse hasta las siete. Si las cosas seguían
así, hoy sería otra noche en blanco. La idea no le gustaba
nada. Abandonó la posibilidad del cine mientras revisaba
el diario cambiándola por la perspectiva de darse un baño
y comer bien. En ésas andaba cuando descubrió el estreno
de *Chinameca: Los últimos momentos del zapatismo* de
Gabriel Retes, Cine Insurgentes. Estreno.

Tomó nota mentalmente del horario y sonrió. ¿No
será buena idea encontrar a don Emiliano a la salida del
cine? Don Emiliano atestiguando cómo contaban su historia.

No pudo menos que ampliar la sonrisa ante el extraño
triángulo de problemas que había metido en su vida.

Había algo que no terminaba de gustarle, decidió mientras
se secaba violentamente. La estación de radio que había
captado al azar en el momento de entrar al baño se iba del
aire a cada rato. Tendría que llevarle el aparato al vecino
radiotécnico. Afuera se había levantado una tolvanera y el
árbol frente a la ventana sacudía las ramas melodiosa-
mente.

No le gustaban los mil y un personajes que habían
cruzado la historia en tan poco tiempo. No le gustaban tantas caras en sólo dos días. Y se temía no sólo que siguieran
apareciendo caras y nombres, sino que además comenzaran a cruzarse en sus caminos hasta armar un gigantesco
carrusel de caras, una madeja humana.

Por un lado los muchachos de la puerta de la escuela,
por otro los ingenieros, por otro los del sindicato. Habría
que sumar al otro muerto, a las caras sandinistas que

acompañaban al supuesto Zapata. Tendría que incorporar a la galería al padre de Elena, a la esposa del ingeniero muerto, a una sirvienta en la Narvarte, a un jefe de turno "perro puto", y sobre todas ellas, el rostro de su madre que no acababa de irse, que aparecía en los cabeceos del camión, en medio de las páginas de Dos Passos, y las cartas que traían la ausencia de la muchacha de la cola de caballo.

Desfiles de nombres: Duelas, Camposanto, Guzmán Vera, Osorio Barba… Y más nombres en la trayectoria mítica de Zapata: Farabundo Martí, Porfirio Sánchez, Girón Ruano… Y más nombres en las páginas del diario.

Y rondando allí, piernas de secretaria tratando de alcanzar los fólders y la muchacha en Italia en cama ajena, y la sonrisa suave de Elena con brazo enyesado, más las blusas transparentes de Marisa Ferrer.

El cansancio podía convertir todo aquello en un maremoto.

Tras la reunión familiar, la cena. Se puso una camisa blanca y buscó en el clóset una corbata. Encontró en un cajón atascado de calcetines una corbata de color gris tejida, hija de otros tiempos. La tomó y cuando la estaba anudando, decidió quitársela. No habría conciliaciones de nuevo. Terminó optando por tirarla en el bote de la basura adonde habían ido a parar momentos antes las listas de nombres.

Se fue de la casa sin apagar la radio.

Carlos había estado explicándole a Elisa cómo el echeverrismo había tratado de reorganizar el sustento económico de la clase media tras el 68. Héctor entró al diminuto cuarto de azotea, se sentó en el suelo y sirviéndose un café se quedó escuchando tras el beso de su hermana.

— …¿Dónde están tus cuates de generación? ¿O los tuyos? —señaló a Héctor—. En un cincuenta por ciento han pasado a formar parte, con magníficos sueldos, de extrañas instituciones. Han ido a engrosar institutos mágicos donde no se hace nada, pero se ocupan cargos. Para ellos se reinventó el país, para darles empleo. Por eso, y por un afán tecnocrático que en lugar de modernizar el capitalismo mexicano lo único que hizo fue aumentar el peso de la burocracia estatal.

No niego que cuando entraron, algunos querían hacer cosas... Se les acabó pronto la gana, se los tragó la nueva burocracia elegante de técnicos intelectuales... Ahí están dando de comer a los gusanos en el Instituto de Conservación de las Espinas del Nopal... En el Centro de Recuperación de Recursos Recuperables... En el Centro de Estudios Inexactos para la Transformación del Agua de Barril... El Centro de Cómputo de Cosechas de Camote...

Y siguió con una letanía de nombres de instituciones reales e inventadas que a Héctor no se le hizo diferente de la mágica enumeración del rosario.

—...El Centro de Adiestramiento de Mogólicos... El Instituto de Transformación del Pedo... El Fomento Nacional para la Organización de la Cosecha de Capulines... El Instituto de Recursos Ambientales... El Centro de Estudios Atrasados... El Fideicomiso para la Utilización del Plátano... Tengo una lista que me hizo un cuate que está haciendo su tesis sobre esto en la que tiene sesenta y tres mierdas de éstas... Con ochenta y seis que yo inventé, ya hay para un diccionario de instituciones falsas y reales...

—Suena como a los niños que leen la lotería —comentó Héctor.

—En Canadá, cuando estaba encabronada de aburrimiento, organizaba listas de santos inventados: San Heraclio Fournier, San Clemente Jacques, San Doroteo del Valle, Santa Anchoa de Vigo, San Chícharo del Gigante Verde.

Los hermanos rieron.

—Tengo una lata de atún grande —dijo Carlos.

—No puedo quedarme a cenar, hay una cena por ahí… —dijo Héctor.

—¿Cómo andas? —preguntó Elisa.

—Metido en líos, como siempre.

—¿Quieres ayuda?

Héctor negó con la cabeza.

—Y bien, entonces, ¿qué vamos a hacer?

—A mí me fastidia esto, ¿por qué…?

—No, ni madres, a mí me fastidia también, y a Héctor supongo que lo mismo.

—No te zafes. Hay que hacer algo y listo —dijo Carlos.

—Bueno, pues ahí va.

Elisa sacó un par de sobres del morral.

Héctor caminó hasta la cocina para buscar un cenicero. Al fin encontró uno entre los trastes sucios y empezó a lavarlo.

—Sigan, oigo bien.

—Es una carta de mamá para los tres, ¿quieren leerla o la lee alguien en voz alta?

—Léela tú —dijo Carlos.

—Ajá —asintió Héctor desde la cocina.

Queridos hijos:

Sé que cuando estén leyendo esta carta yo no estaré ya viva. Odio las fórmulas literarias, por eso no digo: "Me habré ido" y cosas así. Estaré muerta y espero que haya sido una muerte suave, sin problemas. No fue así la vida. Ustedes sólo conocen una parte. Pero no quiero cargarlos de recuerdos, cada uno tendrá los suyos propios. Ya estoy desviándome… La historia es simple: hay una serie de bienes que he reunido a lo largo de mi vida.

A estas alturas habrán decidido si los reparten de mutuo acuerdo o los distribuyen de acuerdo a mis disposiciones. No me preocupa. Sé que ninguno de los tres ama el dinero. Por otro lado, tengo que hacerles entrega de la herencia de su padre. Por voluntad de él, he guardado estos últimos años una carta para ustedes tres. Esa carta acompaña esta nota e incluye una llave de una caja bancaria. Fue su deseo que hasta ahora recibieran ustedes esto. Sea así. Les deseo la mejor de las suertes. Recuérdenme.

SHIRLEY SHAYNE DE BELASCOARÁN

—Carajo —musitó Carlos.

Los hermanos se quedaron en silencio. Alguien en el piso de abajo puso a todo volumen la televisión.

—Bueno, dan ganas de llorar. No hace daño reconocerlo… ¿ahora qué sigue? —dijo Elisa rompiendo el silencio.

—Abre la carta de papá.

—Es sólo una nota con una llave. Dice:

"Cuanto más complicado mejor. Cuanto más imposible más bello."

Banco de las Américas, caja 1627. Sucursal Centro: Por medio de la presente autorizo a cualquiera de mis 3 hijos a abrir y utilizar el contenido de la caja de seguridad arriba señalada.

JOSÉ MARÍA BELASCOARÁN AGUIRRE

—¿Qué nos tendrá esperando el viejo? —preguntó Carlos.

—¿Te acuerdas de él?

Héctor asintió saliendo de la cocina. Miró el reloj.

—Lo único que se me ocurre hacer con el dinero es que tú te quedes con él… Tú lo necesitas más que nosotros —dijo Héctor dirigiéndose a Elisa.

—Esa lana quema —respondió quitándose un mechón rebelde de la cara.

—Me tengo que ir. ¿Qué hacemos? —dijo Héctor.

—¿Cuándo nos podemos sentar a hablar con calma?

—Mañana en la mañana, en el despacho.

—A las doce —sugirió Elisa.

—De acuerdo.

Besó a su hermana, palmeó la espalda de su hermano y salió al frío.

Tras andar revoloteando con el coche por la colonia Florida, encontró la calle y el número. Una casa sola de dos plantas con un pequeño jardín al frente. El piso de arriba iluminado como si ahí no pasaran el recibo de la luz con las nuevas tarifas. Tocó el timbre pensando que lo primero que haría al entrar sería apagar las luces de la sala donde no habría nadie viendo la tele. Seguiría apagando luces: la del baño, la del desayunador y las de las dos recámaras. De alguna manera el inconsciente y los tres meses de continencia sexual, aunados a las imágenes del álbum de Marisa Ferrer, se conectaron en su cabeza con la idea de apagar las luces y se vio a sí mismo apagando la luz de la mesita de noche y girando en la cama hacia el cuerpo desnudo que esperaba. Tocó el timbre de nuevo mientras pensaba en que le daba lo mismo encender que apagar la luz para hacer el amor. Es más, que lo mejor sería dejarla encendida. Sería quizá por tan turbulentos pensamientos que cuando Elena, brazo en cabestrillo y sonrisa tímida abrió la puerta, Héctor Belascoarán Shayne, de oficio detective y de formación un tanto puritana, se sonrojó.

—El ángel guardián…

—Vengo a cenar.

—Ah, conque tú eres el invitado… caray, caray —dijo la muchacha abriéndole paso hacia el interior de la casa.

"Casa horrorosa", pensó, dejando de lado la idea de apagar las luces. Casa llena de venados de porcelana y de lámparas que no alumbraban, de ceniceros en los que no había ceniza y cuadros que no contaban historias. Conocía el ambiente, incluso recordaba el olor de una casa similar, de un ingeniero con veintidós mil pesos de sueldo y una mujer que insistía en cambiar la alfombra de la sala. Recordaba incluso que había vivido en ella, pero lograba ver ese otro yo como a una tercera persona que alguna vez había conocido.

—Llega puntual señor Shayne.

—Belascoarán Shayne. El primer apellido es Belascoarán.

—Perdone usted a mamá, es que no ha estudiado el libreto a fondo —dijo la muchacha sonriente.

—¿Qué hace una con una hija inteligente? En la época de mis papás las mandaban a un colegio de monjas. Parece que a mí no me funcionó el recurso.

La mujer vestía un traje de noche negro y reluciente. Algo tenía que ver con una frase hecha: COMO UN GUANTE. Un sabor de rumba peliculesca se desprendía de la silueta que traía untado el traje sobre la piel. Héctor se imaginó con un cuchillo de mantequilla, poniendo material negro sobre la piel de la mujer que adivinando, o intuyendo, o suponiendo, o simplemente por galantería profesional dejó tiempo en silencio para que el detective contemplara y luego lo tomó del brazo para llevarlo a la sala. Un biombo doblado separaba la sala del comedor donde tres servicios esperaban dueño. Sobre el gran sofá un cuadro de la anfitriona, desnuda, claro está, tendida sobre una piel de oso blanca. Dos fotos de una niña de cinco y diez años aproximadamente y un paisaje marino.

—¿Horrible, verdad? —sugirió Elena.

—Algo hay de eso.

—Te dije mamá que lo quitaras de ahí.

—Habrá notado señor Belascoarán —pronunció suavemente, como deletreando el nombre— que no nací para decoradora de interiores.

La mujer ofreció cigarrillos de una caja de música que emitió tres acordes de una polonesa.

Héctor sacó sus Delicados con filtro y encendió el cigarrillo de la mujer.

—Quiero agradecerle lo que hizo usted hoy por mi hija. Me hablaron de la escuela, y aunque ella no ha querido decirme nada, me he dado cuenta de que usted intervino. ¿No es así?

Héctor asintió agradeciendo a la muchacha su silencio. No había nacido para salvar gatos atrapados en una cornisa. Jugaba limpio y esperaba el mismo juego. Desde luego, le interesaba más la hija que la madre. Aunque no podía dejar de admitir que la mujer tenía gracia y capoteaba bien los vendavales. De cualquiera manera, ¿por qué se fijaba en él? ¿Coquetearía por instinto con los hombres que tenía enfrente? Porque resultaba evidente que podía conseguírselos a puñados.

—Vamos a cenar —dijo la mujer.

Héctor dejó la gabardina a un lado, para que la muchacha la tomara y la pusiera en un perchero de pared.

—Así ya no parece detective. Lamento decirle que tiene apariencia de pasante de arquitectura que trabaja en una mesa de dibujo para ganarse la vida —dijo la muchacha.

En el momento en que se sentaron a la mesa, una mujer con delantal blanco comenzó a servir la comida.

—Hija, ya conoces al señor, lo he contratado para que nos ayude. En vista de que no quieres decirme nada y que sé que estás en problemas…

La muchacha interrumpió el viaje de la cuchara hacia la boca. Se puso en pie. La servilleta se deslizó al suelo.

—Me gustaba más como ángel guardián que como asalariado —dijo y lentamente caminó hacia la sala. La cuchara se cayó sobre la mesa.

Héctor se puso en pie.

—Ahora vuelvo —dijo dirigiéndose a la madre.

—Parece que se fue a la chingada la cena —dijo Marisa Ferrer, sonriendo.

Héctor siguió la sombra de la muchacha a través de un pasillo, con dos baños a los lados, hasta una puerta.

El cuarto tenía las huellas de su dueña. Libros en las paredes, un cubrecamas azul celeste, cojines anaranjados en el suelo, muñecas de hacía cuatro años todavía relucientes, una suave alfombra de peluche.

La muchacha dejó los zapatos y saltó descalza sobre la cama para acomodarse cerca de la almohada las piernas bajo el cuerpo.

Héctor permaneció de pie. Encendió un cigarrillo. Dudó un instante y se sentó en el suelo a fumar, apoyado en la pared.

—¿Tienes un cenicero?

La muchacha le arrojó uno de latón que había sobre la mesita de noche.

—Las cosas claras, Elena. No voy a trabajar para ti si tú no quieres… El contrato con tu madre me importa un rábano si no quieres que te eche una mano. Tú eres la de los problemas. Los de hoy en la mañana querían fregarte a ti… Tú eres la que tienes que decidir si quieres que meta las manos en tus problemas. Así de fácil.

La muchacha lo miró en silencio.

—¿Qué es lo que sabe?

Héctor dudó un instante. Luego decidió que no podía hipotecar la relación a nombre de la eficacia profesional. Juegos limpios eran más sanos.

—Leí un álbum de recortes de tu madre, unos recortes de periódico del accidente y unas páginas de tu diario.

—¿El diario?

—Fotocopiadas.

—Soy una pendeja.

—Yo suelo decir eso de mí todos los días. Que sirva de consuelo. ¿Hay trato o no hay trato?

—¿Tú quién eres?

—Larga historia. Una larga, muy larga historia que no

sé si entenderías porque yo mismo no la acabo de entender. Una historia que no sé contar.

—Si tú quieres saber la mía, tengo que saber la tuya.

—El problema es que yo no tengo diario —dijo Héctor.

—Te debes haber reído de mí.

—Me río pocas veces.

—Déjame pensarlo… Das confianza. Tienes cara de que quieres ayudar… Y, ¡ah chirrión!, me cae que necesito ayuda.

—No pensé que hablaran tan mal en los colegios de monjas.

—¿Tú dónde estudiaste?

—En prepa seis años hace… diez años.

—En la escuela les damos tres y las malas…

—¿Mañana a la hora de la salida?

La muchacha asintió. Héctor salió dejando tras de sí la mirada clavada en su espalda.

La mujer esperaba en el comedor, pero no sola.

—Señor Belascoarán. El señor Burgos, un viejo amigo de la familia.

Héctor recibió la mano. Sudorosa, de apretar fuerte. Tras ella un hombre moreno, de unos cuarenta años, con chamarra de piel y gazné, de pelo rizado, muy negro.

Burgos. Otro nombre a la lista. Con ojos fríos, licuados, de serpiente. Bueno, bueno. Ya parece novela de Graham Greene. Detente.

El tipo es feo. ¿Y qué?

—¿Ha decidido seguir adelante?

—Así es. Sabrá más tarde de mí.

La mujer lo acompañó a la puerta tras un previo "espérame, Eduardo".

Al llegar a la salida depositó su mano entre las de Héctor que rápidamente se soltó para encender un cigarrillo.

—Una sola cosa, señora. No quiero que nadie sepa que trabajo para usted. Nadie —Héctor señaló hacia la sala.

—Nadie lo sabe. Descuide usted… ¿Le dijo algo?

Héctor negó.

—Le agradezco de nuevo lo de hoy. No sólo porque evitó que Elena fuera lastimada. Ella se siente más segura. Pasó la tarde bromeando sobre las conveniencias de tener un ángel guardián.

"Ángel guardián, mis nalgas —pensó Héctor ya en la calle, ya con el frío golpeando en la cara. Viento del Ajusco, de ese que sacaba sueño, que sacudía la modorra—. A mí ¿quién me cuida?"

El Volkswagen alquilado tenía un aparato de radio con bocinas estéreo en la parte de atrás y una luz en el espejo. Combinando ambos elementos, revisó la lista que le había dado la secretaria en la fábrica. Mientras escuchaba un blues melancólico y rítmico.

Camposanto: Insurgentes sur 680, departamento L.

Enfiló hacia la Nápoles por Insurgentes. Las dos ventanillas abiertas le permitían prolongar el aire del Ajusco en la cara.

Si el corazón late más de prisa que de costumbre, si estás completamente convencido que la noche es la mejor amiga del hombre. *El Cuervo* te acompaña.

Las palabras surgidas del estéreo lo sorprendieron. Una campanita sonó en la cabeza.

Atahualpa Yupanqui lo cantó alguna vez: La noche la hizo Dios para que el hombre la gane.

Así es. No hay lugar para el desconsuelo. Ni siquiera para la soledad. Solos pero solidarios, es la consigna. Aquí *el Cuervo* en XEFS. Con un saludo para los trabajadores del tercer turno de la empresa Vidriera México, a los que no les pagan las horas extras como es justo.

Ánimo, raza. Para ustedes, una canción de lucha de los campesinos peruanos: *Tierra libre*, con el conjunto Tupac Amaru.

La música invadió el coche. Al detenerse ante el semáforo en rojo una cara le vino a la memoria: Valdivia, el flaco Valdivia. Tenía que ser esa voz. Aquella voz que recordaba desde la secundaria ganando los concursos de recitada: "Con diez cañones por banda, viento en popa, a toda vela."

El coche respondió al acelerador. Y saltó hacia adelante sobre Insurgentes.

Serían cerca de las diez. Miró el reloj: diez y veinticinco. Amagó un nuevo bostezo.

Probablemente ya no agarraría al ingeniero.

Aquí, XEFS, en *Las horas del Cuervo*. El dueño de la noche. Desde ahora hasta el momento exacto en que el amanecer nos lo estropee todo. El único programa que termina cuando el conde Drácula cierra el ataúd. No regido por la dictadura absurda del reloj, sino por la más absurda rotación de la Tierra... Tengo en la línea uno una llamada de un amigo que se va de su casa y quiere discutir sus argumentos con nosotros. Están abiertas las líneas dos y tres. Recuerde: cincuenta y uno doce dos cuarenta y siete, y cincuenta y uno trece ciento diecinueve. *El Cuervo* al habla.

Detuvo el coche ante el número seiscientos ochenta de Insurgentes y pasó los siguientes diez minutos entre bostezos, tareas de localización especulativa del departamento L, las historias del tipo que se quería ir de su casa y la desesperación por su falta de previsión que ahora lo obligaba a racionar los seis cigarrillos. La casa tenía un garaje amplio, cubierto por una reja. Cuatro coches esperaban, dos Ramblers, un Datsun y una camioneta Renault. ¿Cuál de ellos? Trató de recordar si había visto en la mañana alguno en el interior de la fábrica.

Nuevamente música, para hacer más placenteras las horas de verdadera vida.

Y conste que parte del supuesto de que usted está despierto porque quiere. Claro, si no es así, si el trabajo lo tiene esclavizado, recuerde que la noche es la mejor hora para vivir. Cámbiese al segundo turno y duerma de mañana.

"Ganas dan —pensó Héctor—. Caray con *el Cuervo*." Ya tenía compañía para la espera.

Porque la noche es la gran hora de los solitarios, es la hora en que la mente trabaja más rápido, en la que el egoísmo disminuye, en la que la melancolía crece. La hora en que sentimos la necesidad de una mano amiga, de una voz que nos acompañe, de ayudar a nuestra vez y tender la mano.

Aquí *Las horas del Cuervo*, con su servidor y amigo *el Cuervo* Valdivia, dispuesto a servir de puente entre hermanos de las profundidades.

Tengo en mis manos una carta de una muchacha que quiere volverse a enamorar. Su nombre es Delia.

Parece ser, por lo que dice, que las cosas no marchan bien. Que se ha divorciado por segunda vez y que se está consumiendo en un cuarto de azotea. ¿Alguien quiere tender la mano?

Diez minutos más tarde el teléfono había proporcionado seis voluntarios para volver a tratar. Delia después de todo tenía alguna posibilidad.

Tras esto, un poema de César Vallejo, cantos de la guerra de España, una tanda de canciones de Leonard Cohen, un llamado para donar sangre AB negativa, una petición de comida para la guardia de una huelga en la colonia Escandón que recibió la oferta de tres desayunos en la lonchería Guadarrama y de una olla de chocolate caliente de los habitantes de una vecindad. Una tanda de crípticos mensajes personales: "Germán, no se te olvide comprar eso". "Anastasia espera a sus cuates en su cumpleaños". "A los que tengan apuntes del curso de física experimental del C.C.H. comunicarse con Gustavo a tal teléfono porque tiene examen mañana y no encuentra los suyos", etcétera.

Una pareja de mediana edad salió en el Rambler guinda. El Datsun abandonó el garaje conducido por un muchacho con chamarra que llevó a dos viejos probablemente de regreso a su casa y regresó de nuevo.

A las doce y media, una vez que *el Cuervo* hubo tomado por asalto las ondas y que Héctor hubo fumado tres de los cigarrillos de su reserva, el ingeniero Camposanto, con traje gris oxford y corbata roja salió de la casa.

Una mano amiga en el aire. *Las horas del Cuervo*. Una voz para combatir el insomnio, la soledad, la desesperación, el miedo, las horas de trabajo nocturno mal pagado, el frío.

Un compañero en el aire.

La ciudad duerme, dicen. Nada de eso. Y si es cierto, dejémosla dormir a la muy ingrata. Nosotros seguimos vivos. Somos los centinelas de la noche, los que velamos por los malos sueños de esta ramera llamada DF. Los que vigilamos sus pesadillas y tendemos un manto de solidaridad en medio de la oscuridad.

Por cierto, los policías que están en la esquina de Michoacán y Nuevo León, que ya pongan el automático en el semáforo, que no pensamos seguir pagando mordida porque el rojo lleva más de diez minutos.

Para más datos se encuentran en la patrulla veintiséis, tomando unas tortas, en una lonchería.

El ingeniero dejó su coche en la esquina de Niza y Hamburgo, frente al Sanborns y salió caminando. Héctor lamentó tener que desconectarse de *el Cuervo*. Su intuición le decía que esa noche correría en blanco, sin premio alguno. Seguro que el ingeniero tomaría solitario un par de copas en un cabaret. Nadie se le acercaría, nadie hablaría con él. Noche perdida.

Y así fue.

Si usted es de los que piensan que las horas de la noche pertenecen al reino del terror, si se despierta sudando, si escucha el sonido de la sirena de la Cruz Roja y se sobresalta, si los niños tienen pesadillas; si vive el momento más difícil de su vida, si hay que tomar una decisión fundamental... No olvide. *El Cuervo* está esperando su llamada... Hermanos, la noche es aún larga.

Y así fue también.

V

*Si me pregunta por qué es un detective
privado, no podría contestarle. Es evidente
que hay momentos en que desearía no
serlo, tal como hay momentos en que yo
preferiría ser cualquier cosa antes que
escritor.*

RAYMOND CHANDLER

EN FEBRERO de 1977, Isabelita Perón, ese personaje de película de vampiros, informó a través de las agencias noticiosas que estaba dispuesta a recluirse en un convento de monjas tan pronto como los militares la dejaran libre. El siniestro general Videla escapó de milagro de que le volaran el culo con una bomba por tercera vez en esos meses y el plomero mexicano Gómez Letras aprovechó que su compañero de despacho no había renovado la suscripción de *Excélsior* y a su nombre cerró tratos para recibir el *Esto* durante seis meses. Una huelga general sacudió Holanda. La estadística recogió ciento siete suicidios en el curso del mes en la ciudad de Los Ángeles. Se descubrió un fraude en la constructora de semáforos de la ciudad de México. Marisa Ferrer, actriz de cine y cabaret fue promovida por Conacine para asistir al festival de cine de Chihuahua. Los productores de cine de la industria privada volvieron a la carga para realizar películas de El Santo y compañía. El programa de radio con más *rating* fue *Las horas del Cuervo* en XEFS; y Belascoarán llegó a las cincuenta y una horas sin haber alcanzado el estado técnicamente conocido como "sueño profundo". Aun así, bostezando, con los ojos cargados y rojizos, y con un dolor muscular en la espalda al que no le encontraba origen, a las seis cuarenta y cinco de la mañana contempló desde la entrada de la lonchería cómo los trabajadores de Delex entraban a la empresa. Adivinó de lejos que el ingeniero Camposanto tampoco estaría muy entero, pues se había ido a dormir a las tres y media de la madrugada tras haber estado bebiendo solitario en un antro de la Zona Rosa llamado El Elefante. Vio al obrero alto y a sus dos compañeros del día anterior entrar en medio de un grupo nutrido de trabajadores, moviendo los brazos, gesticulando. Observó la llegada del Cadillac de Rodríguez Cuesta, y volvió a pensar que tras la apariencia de fuerza del gerente general se escondía un profundo temor: ¿A qué? Dejó cincuenta pesos y su teléfono a la mujer de la lonchería, que había convertido en su cuartel general, con el encargo de que si algo sucedía le hablara. Sonrió a la niña que gateaba y salió.

Las paredes habían sufrido un nuevo ataque en la noche y estaban llenas de letras rojas llamando al PARO A LAS ONCE.

No pudo evitar encontrar similitudes con la entrada festiva de las muchachas de secundaria y preparatoria en la escuela de monjas. Había en los dos ingresos a los respectivos antros un aire de reto, de fiesta. Contempló desde el interior de una dulcería la llegada de Elena. Y se quedó pensando en que debería seguirla o acompañarla desde la salida de la casa, si no, la mecánica absurda de esperarla en la puerta de la escuela sería un *hobby* inofensivo mientras le podían romper la cabeza en el trayecto desde su casa.

La idea de que se dejaba dominar por rituales más que por acciones eficaces lo dejó apesadumbrado y consumió el resto de la mañana en la oficina de un viejo compañero de la facultad que trabajaba en Relaciones Exteriores.

Tras haber soltado mil quinientos pesos de mordida tuvo acceso a un cofre donde descansaban en el polvo los archivos de la embajada mexicana en Costa Rica durante los años 30.

Al final, con la sensación de que el polvo fino se había quedado en las yemas de sus dedos para siempre, tenía tres nombres y tres fotografías borrosas.

Isaías Valdez. México, D.F.
Eladio Huerta Pérez. La Tolvanera, Oaxaca.
Valentín Trejo. Monterrey, Nuevo León.

Las edades correspondían, los rostros borrosos ofrecían similitud. Tomó nota de las direcciones que se daban en México y salió al pasillo donde una máquina de refrescos por dos pesos suavizó la resequedad de la garganta.

Así llegó a la oficina después de dormirse dos veces en el Metro, de pie, como los caballos.

El tapicero repasaba la sección de avisos por palabra del *Excélsior*. Gilberto no había llegado.

—¿Algo para mí?

—Cartas nada más. Me debe la propina que le di al cartero.

—A usted le habló la señora Concha anteayer y se me había olvidado decirle que pasara a recoger unas…

—Unas fundas… Puta madre, poca chamba que hay y a usted se le olvida todo.

Héctor bajó la cabeza avergonzado.

Se dejó caer en el sillón sin molestarse en aflojar el cinturón, quitarse la pistola de la funda sobaquera o tirar la gabardina. Ya en el sillón crujiente, viejo amigo de cuero, se quitó los zapatos empujándolos con el pie contrario. Al estirarse sintió que se iba a despedazar. Arrullado por los lejanos ruidos del tránsito se fue quedando dormido.

—Órale pues —dijo una voz que venía de las sombras.

—Ándale, hermano —dijo una voz de mujer que venía de atrás de las sombras negras.

—No puedo —confesó Héctor.

—¿Un café? —sugirió Carlos.

—No puedo abrir los ojos. Lo juro.

—Traemos aquí los documentos de papá. Ándale, haz un esfuerzo.

Héctor logró abrir los ojos hasta que las sombras borrosas se perfilaron en la luz. Todo parecía haber salido de una película que ya había visto varias veces.

—¿Qué horas son?

—Las doce y media —respondió su hermana echando un vistazo al reloj.

—¿Cuánto dormiste? —preguntó Carlos.

Estaban sentados sobre el escritorio contemplándolo. A su lado una caja de zapatos de cartón.

—Una hora escasa.

Héctor trató de ponerse de pie.

—¿Hacía cuánto que no te acostabas?

—Desde anteayer en la noche que dormí un par de horas.

—Tienes un color verdoso claro.

—Gris, es medio gris —complementó Elisa.

—No saben cómo disfruto que me despierte gente de buen humor. Pásenme un refresco... Allá, tras ese mueble está el escondite.

Elisa saltó con gracia del escritorio y buscó tras el mueble la puerta secreta. Moviendo cajas de herramienta y el archivero localizó la pared falsa.

—¿Y esto qué es, la caja fuerte de la oficina?

El sabor dulzón del Orange Crush lo devolvió a la vida.

—¿Qué pasa, está muy fuerte el trabajo? —preguntó Carlos.

—¿Por qué sigues en esto? Entiendo lo que pasó primero, cuando mandaste todo al diablo... Pero por qué insistes ahora. Ya ganaste la libertad, por qué seguir haciendo de detective —preguntó Elisa.

—¿Por qué no? Es un trabajo como cualquier otro.

—Ésos son argumentos sólidos, nada de mamadas —bromeó Carlos.

—Pásame los zapatos.

Carlos se los lanzó. La bruma no acababa de despejarse, estaba instalada en algún lugar atrás de su cabeza e intermitentemente enviaba oleadas de niebla hacia sus ojos. Se frotó vehementemente la cara con las manos, se estiró y saltó al piso.

—Aaahhhhgggguuujj —dijo.

—Bueno, ya podemos empezar la reunión familiar.

Entonces, sonó el teléfono.

—Es para ti —dijo Carlos pasándoselo.

—Señor Shayne —la voz de Marisa Ferrer al otro lado de la línea.

Héctor notó la tensión y no trató de corregir el orden de los apellidos.

—Acaban de secuestrar a Elena, me hablaron del colegio…

—En cinco minutos salgo para allá.

Colgó y buscó con la vista la gabardina.

—¿Qué pasa?

—Secuestraron a una muchacha. ¿Les importa dejar esto para más tarde?

—No hay cuete, comunícate conmigo cuando puedas —respondió Carlos.

El teléfono escupió de nuevo su timbrazo.

—No, el tapicero no se encuentra… ¿Un recado? Sí cómo no, déjeme anotar. Buscó con la mirada una pluma, hasta que Elisa le puso una en la mano.

—Tres metros de la número ciento diecisiete BX, de color azul y negro… señora del Valle. Sí, cómo no, yo le dejo su nota.

—¿Quieres que te lleve a algún lado? Te ves muy dormido todavía —dijo Elisa.

—¿Traes coche?

—La moto del jardinero de la casa...

—¿Manejas un coche que alquilé...?

—¿Qué marca?

—Un Volkswagen —respondió mientras se abrochaba la gabardina.

Elisa tendió la mano esperando las llaves.

—Yo los dejo, me llevo esto —dijo Carlos tomando la caja de cartón.

—Perdóname viejo.

—No hay ningún problema.

Cuando salían sonó de nuevo el teléfono. El ignominioso *ring*.

Héctor dudó y regresó a contestar.

—Hubo hartos tiros al aire y hay gente peleándose en la puerta... Como usted me dijo... —se oyó la voz de la mujer de la lonchería en el aparato. Colgó. Así era entonces la cosa. Nada y de repente *¡zas!* todo al mismo tiempo.

—Ahora, ¿qué pasa?

—En la fábrica, hubo tiros en la puerta o algo así.

—Voy para allá —dijo Carlos.

—Echa entonces la caja —pidió Elisa.

—En cuanto pueda me descuelgo por ahí.

—No es cosa tuya. Ni te metas. Seguro que es bronca entre empresa y sindicato... Ése no es tu problema —dijo Carlos.

—En cuanto pueda me doy una vuelta —insistió el detective.

Carlos alzó los hombros.

—Tú sabes.

—¿Qué fábrica? —preguntó Elisa.

Héctor tomó a su hermana de la mano y la arrastró al elevador.

—Todo al mismo tiempo, y a mí que se me cierran los ojos. Pinche oficio —dijo.

—Te lo estaba diciendo —respondió Elisa.

—No lo cambio por nada —respondió Héctor.

—Lo suponía —dijo Elisa ya en el elevador.

El teléfono comenzó a sonar en la oficina pero ahora sin nadie que contestase.

Sorteando a las monjas entró hasta el despacho de la directora. Había dormitado en la parte trasera del coche, sin poder acabar de entrar al sueño, con la cabeza inundada por la muchacha del brazo en cabestrillo. La imagen de la muchacha lo llevó a la imagen de otra muchacha a miles de kilómetros de allí. Elisa manejaba como cafre, pero el tránsito de mediodía no daba muchas facilidades.

Héctor recordó que el tapicero le había dicho del correo, cartas... buscó en la bolsa de la chamarra, ahí estaban. Las dejó reposar para mejor momento.

¿El recado para el tapicero? Lo había dejado en la mesa, anotado en el viejo papel de *Ovaciones* que servía como libreta de notas en aquella oficina. Ojalá lo encontrara.

—¿Usted quién es? —preguntó la monja rígida, de lentes de fondo de botella, toca almidonada y tiesa, como toda ella.

—Belascoarán Shayne, detective —Elisa a sus espaldas no pudo reprimir la sonrisa al oír el conocido apellido con el oficio tras él. El apellido que había oído tantas veces en las listas de la escuela, leído con la pronunciación equivocada. Hizo conciencia de que era la hermana de un detective. "¿Un detective loco?" —se preguntó—. "Loco como todos", resolvió.

—Trabajo para la señora Ferrer—completó Héctor mostrando la credencial. La monja la tomó en las manos y la repasó como un ciego tocando un escrito en Braille, sin mirarla, mirando al detective.

—¿En dónde estaba la muchacha?

—En el patio, en clase de gimnasia.

Héctor bajó las escaleras sin escuchar los llamados de la directora.

En el patio quedaban un par de docenas de muchachas en *shorts* azules y blusas blancas, desperdigadas en pequeños grupos, comentando. La maestra de gimnasia, una mujer fibrosa y delgada, como vieja campeona inglesa de tenis, se adelantó hacia él. Elisa lo seguía unos metros atrás con la caja de zapatos en los brazos.

—Entraron por allí —dijo la mujer sin esperar pregunta—. Elena no estaba en la clase... Por el brazo, ¿sabe?, tomaba el sol en esa mesa, acostada en la mesa.

Un viejo escritorio arrumbado en el patio. Héctor lo miró como si fuera importante.

—Eran dos, los dos con pistolas... Tan jóvenes. De pelo negro los dos. Uno con lentes oscuros.

—El otro traía una sudadera verde —acotó una muchacha del círculo que empezaba a formarse en torno a ellos.

—La agarraron, vinieron directo a ella y la jalaron para afuera. A mí me apuntaron.

—A mí también.

—Nos apuntaban a todas.

—El de la sudadera la agarró del cuello y la hizo caminar rápido.

—¿Gritaron algo? ¿Dijeron algo? ¿Elena dijo algo?

—Gritó cuando la empujaron. Dijo que le dolía el brazo.

—¿Cómo dijo?

—Deja ahí me duele, así dijo.

—¿Estaba muy asustada?

—Bastante —contestó una muchacha.

—No, mucho no —terció otra.

Hector las dejó hablando, y corrió hacia la puerta. Salió por el portón, y miró en la calle hacia los dos lados. Enfrente, el hombre del puesto de tamales lo contemplaba fijamente. Héctor caminó directo hacia él. Elisa como escudero fiel unos pasos atrás.

—Usted los vio —dijo Héctor. No preguntaba, afirmaba.

—No quiero pedos.

—No soy de la tira.

—No quiero pedos.

Durante cinco minutos toda la conversación transcurrió en esos términos.

Héctor preguntaba y el hombre respondía con las mismas palabras.

Al fin tendió a Héctor un papel.

—¿Qué es esto?

—Las placas de la camioneta Rambler en que viajaban esos cabrones... Yo no le di nada.

—Me lo encontré en el suelo —dijo Héctor y tiró el pequeño papel para luego recogerlo.

El viejo sonrió.

"Pero, ¿cuál era el reto?, ¿en dónde estaba el endemoniado truco, el valor de su actitud?", pensaba Héctor acostado en la puerta de atrás del coche mientras su hermana lo llevaba rumbo al profundo norte. Cuando bordearon la Villa de Guadalupe y subieron por Ferrocarril Hidalgo, nuevamente se quedó dormido. Aun así la pregunta, confusamente, lo persiguió hasta el sueño. Y allí al igual que en el umbral superior, tampoco pudo ser respondida.

Lo que fastidiaba a Belascoarán era no el ritmo violento de aquellos días, ni siquiera la inercia que se le imponía obligándolo a tomar decisiones, o más bien a que las tomaran por él los acontecimientos. Lo que le jodía era no descubrir por qué había aceptado un reto así. Qué parte de su oscura cabeza buscaba gloria en aquella carrera agotadora por las tres historias que corrían paralelas. La pregunta en el fondo era sencilla: ¿por qué lo estaba haciendo? Y por ahora sólo tenía una respuesta que explicaba por separado tres diferentes compromisos contraídos. A saber: *a*) que le gustaba la forma de ser de la adolescente del brazo enyesado, que le gustaba el papel de protector silencioso que le adjudicaban los acontecimientos; *b*) que pensaba que metiendo las manos en el lodo del asesinato de los ingenieros podía encontrar el pago a la deuda contraída en sus años de capataz con diploma en la general. Deuda, no con la profesión y el oficio, sino con su sumisión al ambiente, con su desprecio por los trabajadores, con sus viajes por los barrios obreros como quien cruza zonas de desastre. Regresaba el ambiente en que se había formado y deformado y necesitaba mostrarse a sí mismo que era otro. Jugaba también en ese reto el problema de desembarazar al sindicato independiente del muerto que querían colgar a sus espaldas; *c*) quería ver los ojos de Emiliano Zapata de frente, quería ver si el país que el hombre había soñado era posible. Si el viejo le podía comunicar algo del ardor, de la fe que había animado su cruzada. Aunque nunca terminaba de creer la posibilidad de que estuviera vivo, el escarbar en el pasado en su busca lo acercaba a la vida.

Ésta era la teoría que más o menos clara se formaba en la cabeza de Héctor Belascoarán Shayne, de oficio detective, de treinta y un años de edad, mexicano para su fortuna y su desgracia, divorciado y sin hijos, enamorado de una mujer que estaba lejos, inquilino de un despacho cochambroso en Artículo 123 y arrendatario de un minúsculo departamento en la Roma Sur. Con una maestría en Tiempos y Movimientos en universidad gringa y un curso de detective por correspondencia en academia mexicana;

lector de novelas policiacas, aficionado a la cocina china, chofer mediocre, amante de los bosques, dueño de una pistola .38; un poco rígido, un tanto tímido, levemente burlón, excesivamente autocrítico, que un día al salir de un cine había roto con el pasado y había empezado de nuevo hasta encontrarse donde ahora estaba: cruzando el Puente Negro en la parte de atrás de un Volkswagen, con la gabardina arrugada y el sueño saliendo por la boca en cada bostezo.

—Aquí sigues derecho y al llegar a la tercera cuadra das vuelta a la derecha.

—Sí patrón —respondió burlona su hermana.

—Y tú, ¿qué traes en la cabeza?

Elisa sonrió por el espejo retrovisor.

—¿Necesitas o no necesitas chofer?

Héctor respondió con el silencio.

—Entonces déjate de andar de analista.

—De acuerdo, hermanita, nomás que de lejos... ¿zas?

Pasó la mano hacia el asiento delantero acariciando el cuello de su hermana. Ésta sin volver la vista hacia atrás apresó la mano entre cuello y barbilla.

Dos cuadras antes de llegar a la empresa vieron la multitud. Dos patrullas de Tlalnepantla cerraban el acceso.

Héctor bajó del coche, mostró la credencial y le abrieron hueco.

—¿Qué pasa?

—Estos güeyes no dicen nada. Acércate un poco, hasta esa lonchería.

El Volkswagen se detuvo.

Unos doscientos trabajadores formaban un grupo compacto ante la puerta. Tras las rejas de la fábrica un grupo de policías armados, y tras ellos varias decenas de trabajadores dispersos. A diez metros de la puerta otros grupos de trabajadores con palos y tubos en las manos. Un hombre calvo vestido con un traje café los azuzaba. Vio a Carlos cerca de la puerta, junto con dos de los repartidores de *El Zopilote*.

—¿Qué pasa?

—Nada, esos cabrones —señaló alzando la barbilla hacia el grupo de obreros armados— quieren entrar. Pero si aguantamos una hora más comienza a llegar el segundo turno y se la pelan.

—¿Pero qué pasó antes?

—Estábamos en medio del paro —respondió un obrero chaparrito, que traía una gasa sostenida con tela adhesiva en el pómulo— y un cabrón esquirol le pegó a Germán con un tubo, y ahí voy de pendejo y que me sorraja a mí también. La raza se encabrona y se lanzan a perseguirlo por toda la planta, y al salir corriendo por el patio los policías industriales hicieron tiros al aire para espantar. Y entonces llegó el gerente y me despidió a mí. Dizque por agresión. Pero ya lo tenían todo preparado, porque cuando los policías me sacaban de la planta, llegaban estos cabrones con el diputado ése del sindicato de la CTM... Son raza de la Santa Julia, yo conozco a uno, que le dicen *el Chicai*, vive en un billar atrás del mercado... Y entonces les falló porque la gente se vino hasta la puerta y así están las cosas... Hasta entonces llegó la policía.

La masa tras la puerta comenzó a corear: ¡Perros! ¡Perros! ¡Perros! y de ahí pasó a cantar el *No nos moverán*. Los grupos dispersos se concentraron. Los policías industriales avanzaron hacia la caseta y la rodearon. Los esquiroles se hicieron para atrás.

Un rumor creció a lo lejos.

—¿Quiénes son? —preguntó Héctor.

Una columna venía marchando y desbordando las dos patrullas del Estado de México puestas al bloqueo.

—Son del sindicato de una laminadora de aquí a la vuelta. Tienen hora de comida y vienen a echar una mano… Al rato esto va a estar así… —y el chaparrito hacia gestos con los brazos.

Eran unos doscientos y venían tomados del brazo en filas de siete y ocho. Los esquiroles comenzaron a dispersarse. Sólo quedó un núcleo, con el hombre del traje café e incluso éstos retrocedieron unos veinte metros para no quedarse en medio de los que llegaban y los que estaban tras la puerta.

La masa tras la puerta entendió el triunfo y redoblaron los gritos. Desbordaron a los tres policías que quedaban bloqueándolos y se fueron sobre las rejas.

Allí fueron los abrazos, las porras a los de la fábrica que llegaba.

—Puuf —dijo Carlos—. Nos salvamos por pelos. Dentro de veinte minutos llega el turno de la tarde y se acabó el pastel… Ahora hay que hacerlos entrar a güevo a ustedes.

—Yo me lanzo —dijo el chaparrito.

—Recuerda, no hay despido legal, tú fuiste agredido y no respondiste… Entra y ponte frente a tu máquina —dijo un muchacho alto que había estado tras ellos.

El chaparro se acercó corriendo a la puerta y fue metido a pesar de la intervención de dos policías. Lo recibieron entre porras.

—Me voy —dijo Héctor.

—Te dije que ésta no era tu bronca —respondió Carlos.

—Me alegro de haber estado aquí.

—A ver si te vio el gerente aquí en el borlote.

—Me vale madres.

Al llegar a la oficina la encontró vacía. Contempló a Elisa desde la ventana alejarse en la moto. Fue al teléfono y buscó en las hojas del viejo *Ovaciones* un número y un nombre. Sargento García. Telefoneó al sargento de tránsito que por cincuenta pesos proporcionaba los registros de los automóviles y le dio el número de la camioneta Rambler verde. Esperó unos minutos en la línea.

—Robada, hace un par de semanas. ¿Quiere la dirección del dueño?

—No, para nada. Gracias.

—Le anoto la cuota, ya me debe tres.

—A fin de mes paso a liquidar… ¿En la cantina, no?

—Ahí mero —respondió el sargento y colgó.

Telefoneó a una agencia de detectives de Monterrey para que le localizaran al hombre del pasaporte en Costa Rica que había dado datos de residencia allí. Luego telefoneó a la comandancia de policía de Ixtepec donde topó con un burócrata recalcitrante que se negó a darle datos sobre La Tolvanera.

Héctor recordaba haber pasado alguna vez por allí, al atravesar el Istmo rumbo a Veracruz desde Oaxaca, pero no pudo saber más.

Anotó por último la tercera dirección, la correspondiente al DF en un papel y dejó una nota al vecino plomero para que averiguara en sus ratos libres si vivía el hombre en ese lugar, sin ir directamente a la casa. Anexó cincuenta pesos con un *clip* a la nota y la puso a un lado en el escritorio.

Luego telefoneó a la casa de Marisa Ferrer sólo para recibir una respuesta vaga, cuando la sirvienta le dijo que había salido sin dejar ningún mensaje.

Entonces, se dedicó al diario de la muchacha. Si había claves allí tenían que estar. Sólo habría que leerlas.

Antes de acometer la tarea abrió un refresco sacado de la caja fuerte clandestina. Encendió un cigarrillo y recordó que tenía hambre. Maldijo su excesiva sangre fría, su capacidad para ser ordenado en esos momentos. Odió su falta de pasión en la superficie. Y dedicó cinco minutos a pensar en que *Chamarraverde* y *Aprietabrazo* podían estar jodiendo a la muchacha. No logró más que un instante de rabia. Luego volvió a la frialdad. Terminó el refresco y acometió papeles.

Al término de un largo cuarto de hora releyó las notas que había tomado:

1. Bustamante es mujer.

Tardó un rato en entender que la costumbre de su época de secundaria de llamar a los amigos por el apellido era extensiva a las escuelas de mujeres. Al fin logró hacer a un lado la extraña historia original de Bustamante con novio para encontrar *una* Bustamante con novio.

2. Las notas sobre la escuela mezcladas no tienen nada que ver.

Y sin embargo era necesaria una entrevista con Gisela, Bustamante y demás compañeras de Elena.

3. Elena tiene algo que vale más de cincuenta mil pesos, que es peligroso, de lo que no se puede deshacer y *que quién sabe cómo obtuvo*.

Ésa era la maldita clave. Lo que tenía y que hacía que Es. y G. (¿Es. de Esteban? ¿Eustolio?, ¿Esperanza?, ¿una mujer?) la presionaran.

4. Pero todo esto tiene que ver con algo que ella sabe de su madre y que ésta no sabe que sabe. ¿Podría haber sacado lo que vale cincuenta mil pesos de ella?

No, porque habría alguna alusión a que la madre podría darse cuenta de que *algo* desapareció... Lo que posee Elena es información sobre su madre. Sabe algo, no tiene algo de ella. La cosa de los cincuenta mil pesos ha sido obtenida de otro lado.

Ahora, ¿de dónde jalar el primer hilo? Sin duda de la propia Marisa Ferrer.

Tomó el teléfono y marcó de nuevo el número de la actriz. La sirvienta volvió a dar la misma respuesta. Dejó el número de la oficina y un recado para que le telefonease.

Si no tuviera tanto sueño me iría a comer, pensó sofocando el rugido de las tripas y dejándose caer en el sillón. La sensación de que la premura sería determinante le impidió quitarse los zapatos.

Nuevamente se durmió mientras miraba las tres fotos clavadas a un lado del escritorio: un cadáver, Emiliano Zapata, una muchacha con el brazo en cabestrillo.

—Se va a volver loquito.

—En mi pueblo había uno que se quedaba jetón por todos lados, hasta que en una de éstas se durmió frente a la casa de un puto y cuando despertó ya le estaban dando pa'dentro.

—Ha de dormirse aquí para no tender la cama en su casa... es bastante cochino el don Belascuarán.

Abrió el ojo como quien abre la cortina de un banco, lentamente y chirriando. Para ver frente a sí a Gilberto el plomero y Carlos el tapicero que lo contemplaban solícitos y maternales.

—Abusado que se está despertando el murciégalo...

—Vampito.

—¿Chú pasó?

Sendas tortas en la mano. Sonrientes.

Se levantó de un salto y les quitó las tortas. Una con cada mano.

—Anótenlas en la cuenta —dijo y buscó la gabardina arrugada.

— Quihúbole, pinche asalto.

—Ahí tiene usted un recado de una chamba y un trabajo extra para usted —dijo dirigiéndose respectivamente al tapicero y al plomero.

—Lo de las tortas pase, pero se le olvida cuando le toca comprar los refrescos —dijo Gilberto.

—¿Ya le pagó usted la límpieza de la escalera a la doña?

—Otra vez la burra al trigo... No ve que la inflación...

—Inflación la que le sale en la panza a su vieja cada año —terció el tapicero.

—Luego usted no se ande quejando... Si se lleva, aguante la vara —dijo Gilberto.

—Ahora sí me chingó... el pito de una mordida —respondió el tapicero.

—¿Qué hora es? —intervino Héctor.

—Se dice: qué horas son, cuando es más de una... —respondió Gilberto imperturbable.

—Las tres y cacho —dijo el tapicero.

—Uhmm —remató el plomero.

Héctor no esperó el elevador y voló por las escaleras. En cada rellano se tomó del pasamanos para evitar salir volando de hocico por delante.

Al llegar a la calle subió al coche y aceleró.

Odiaba la ciudad y la quería. Empezaba a acostumbrarse a vivir en medio de sensaciones contradictorias.

Compró cigarrillos en un puesto frente a la entrada del cine Carrusel y observó cuidadosamente a todos los que entraban en el estreno de *Chinameca*, un par de rostros de viejos campesinos lo cautivaron. Sin embargo, eran muy jóvenes. Unos cincuenta años. Ningún anciano de noventa y cinco años entró al cine.

Subió de nuevo al coche y enfiló hacia el Pedregal.

Aguas número ciento siete correspondía a una casa tiesa, como de cartón piedra, pintada de gris cremoso. Un castillo sin dragones y sin doncellas. La reja gris cuidaba que la mirada no fuera cómoda hacia el interior de un enorme jardín. Al ladrido del segundo perro, Belascoarán se preguntó si no serían ellos los verdaderos dueños de aquella ciudad dentro de la ciudad llamada Pedregal de San Ángel.

—¿Quién es? —preguntó una voz distorsionada por la electrónica desde el interfón.

—Busco a la ex esposa del ingeniero Álvarez Cerruli.

—Veré si la señora puede recibirlo. ¿Quién la busca?

—Belascoarán Shayne.

Repitió el nombre dos veces y esperó.

Al fin un jardinero le abrió la puerta y lo condujo protegiéndolo de los perros hacia el interior de la casa.

En una sala de decoración ultramoderna una mujer de unos cuarenta años muy bien soportados, lo esperaba. Vestía como ama de casa de la clase media norteamericana, de unos treinta años; falda color café claro, el pelo sostenido por una cinta, blusa de mangas largas crema.

—Tengo entendido que usted quiere hablar sobre mi ex esposo… Lo he recibido porque si no lo hago usted podría pensar que sé algo de interés. Y prefiero darle la cara a las cosas que soportar a alguien hurgando en mi vida privada. Quiero que esto quede claro. Ésta es la primera y la última vez que nos vemos señor. ¿Ahora bien, quién es y qué quiere saber de mi ex marido?

Héctor le tendió la credencial y esperó a que la mujer se la devolviera.

—Ando buscando algo en el pasado de su marido que explique su muerte. Quizá si usted me contara…

—Gaspar era un advenedizo. Se casó conmigo por dinero y prestigio. Gracias a la boda ascendió dos peldaños más en su carrera. Cometí el error y lo pagué. Ahora soy libre de nuevo.

—No hay nada en su pasado… ¿relaciones extrañas? ¿Problemas económicos? ¿Algo que venga desde lejos, de su juventud?

—Tenía la juventud de un advenedizo, de un negociante. Era un solitario, sin amigos. Con pocos conocidos. Nunca tuvo problemas financieros, pecaba de cauto. Taimado, pero de esos que suben lentamente… No hay nada que pueda servirle.

Héctor esperó en silencio. Algo faltaba en el cuadro. Algo que no acababa de gustarle. La mujer se puso en pie y a Héctor no le quedó otra que imitarla, lo condujo lentamente a la salida.

—Lamento no haberle servido de mucho.

—Más lo lamento yo. Disculpe por la pérdida de tiempo.

Héctor comenzó a caminar por el jardín. La mujer se quedó en la entrada de la casa.

—Oiga, detective.

Héctor giró la cabeza.

—Quizá pueda servirle saber que era homosexual —dijo la mujer a unos metros de él.

Nuevamente enfrente del cine Insurgentes rumió la última información. Compró un cuarto de kilo de carnitas y tortillas y manufacturando los tacos se entretuvo mirando al público que entraba. Nada nuevo.

Subió al coche y enfiló hacia la colonia Florida. Tenía mal aliento, le dolía el cuello por dormir en el sillón y el tránsito bloqueaba Insurgentes a la altura del Hotel de México. Estaba esperando que alguien se subiera al coche para hacerle una encuesta. Eso permitiría responder que no sabía por qué se había convertido en detective.

La sirvienta le abrió la puerta y cedió el paso sin hacer preguntas.

Marisa Ferrer lo esperaba en la sala.

—¿Sabe algo?

—No. Estuve hablando con algunos amigos de la Procuraduría, pero no saben por dónde empezar —no había llorado pero estaba tensa. Como un gallo de pelea a punto de saltar.

—Tengo una pregunta que hacerle. Una pregunta fundamental para encontrar a su hija. Escuche con cuidado y piense antes de contestar. ¿Le ha ocultado algo a Elena que ella pueda haber descubierto últimamente?

La mujer dudó un instante.

—La existencia de mis amantes…

—¿Hubo muchos?

—Eso es cosa mía.

La tensión crecía entre ambos.

—¿Está segura que no hay algo más?

—No lo creo.

—¿Venían por aquí amigos de su hija?

—Tenía un novio hace unos meses, un muchacho que se llama Arturo. Fuera de él y de algunas amigas de la escuela…

—¿Esteban?

Se quedó pensando.

—Ningún Esteban que recuerde.

—¿A dónde solía salir su hija?

—Como todas, supongo… Al cine, a comer hamburguesas a las cafeterías que están sobre Insurgentes… Iba mucho al boliche hasta que rompió con Arturo, luego parece que le agarró gusto y siguió yendo sola.

—¿El señor Burgos con el que me encontré aquí el otro día…?

—No le gusta, ¿verdad?

Héctor negó con la cabeza.

—Lo lamento. Es un viejo amigo de la familia.

—¿Nada más?

La mujer no respondió. Se quedó tomando la costura del cojín entre los dedos, jugueteando con ella. Comenzó a llorar.

Héctor salió del cuarto y siguió hasta la puerta, sin detenerse. No le gustaba nada. Le molestaba haber tardado tanto en preguntarse dónde podía Elena haber conocido a Es. y G. (Parecía una marca de whisky escocesa.)

Ellos habían llegado después de *la cosa de los cincuenta mil pesos,* habían llegado a petición de Elena, para ayudarla a desembarazarse de ella.

¿Por qué llevaban la caja de refrescos en el coche?

Regresó al cuarto. La mujer ya no lloraba, miraba fijamente hacia el frente.

—¿A qué boliche?

—El Bol Florida, a unas cuadras de aquí.

Decidió prescindir de la tercera función del cine, el hombre era muy viejo para ir a esas horas. La noche estaba templada, acogedora. Incluso creyó escuchar el aletear de un pájaro. Se quedó recostado sobre el coche, fumando. Caminó hasta el teléfono de la esquina, lentamente.

—Comunícame con Elisa… ¿hermana?… ¿Te puedo pedir un favor muy raro? ¿Puedes buscar al encargado del servicio forense y preguntarle si un señor ingeniero Osorio Barba que fue asesinado hace un par de meses era homosexual…? Tú pregúntale, el que hizo la autopsia puede saberlo… Suéltales una lana y luego me pasas la cuenta.

Colgó. Ahora había que hacer saltar la liebre en algún lado. Recorrió los *drive in* de Insurgentes. Habían tenido su época jugosa cuando se convirtieron en los centros de reunión de los adolescentes de la juventud dorada, donde se discutía de coches y se probaban las adaptaciones. Incluso tuvieron su momento en que fueron meta y línea de arranque de múltiples competencias de "arrancadas"; ahora desfallecían convertidos en eco de su pasado y en merenderos de clase media. Muchos adolescentes que manejaban coche por primera vez, parvadas de quinceañeras solitarias y coquetas, meseros aburridos. No había huellas de *Chamarraverde* o de *Aprietabrazo*. Al tercero no lo recordaba bien, lo intuía rechoncho, con el pelo chino, pero no podía fijar su imagen. Durante la pelea sólo lo había seguido con el rabillo del ojo.

Se descolgó a la Narvarte, hasta Luz Saviñón. Una casa apacible, de clase media. Un camión de mudanzas recogía muebles en la puerta.

—¿La sirvienta?

—Uhmm, hace días que se regresó al pueblo, el patrón la liquidó.

—¿El patrón?

—El hermano del ingeniero… Yo trabajo con él, en la fábrica de colchones…

—¿Me permite husmear por ahí? —Héctor mostró la credencial.

—Pásele, pero ya casi recogimos todo.

Recorrió la casa abandonada. Parecía que hubiera pasado un tifón. Los muebles en el suelo, todo empacado sin cariño, con eficacia en algunos casos, con prisa simplemente en la mayoría.

Buscó en la recámara alguna caja. No encontró nada fuera del colchón alineado contra la pared, la cama y un closet desmontados, dos cuadros en el suelo.

Agradeció al encargado de la mudanza el permiso y salió. Eran más de las diez de la noche. Se metió al coche y sacó la pequeña libreta de notas en la que había estado trabajando. Trató de ordenar las ideas sólo para verse envuelto en un torbellino de nombres y datos.

"¿A qué jodida hora se reunían las tres historias?", se preguntó un poco bromeando y otro poco esperando respuesta.

Estaba el famoso Burgos. ¿Qué sabía de él? Nada, excepto que no le gustaba la cara… Eso lo unía a otros miles de mexicanos cuyas caras no le gustaban tampoco a Héctor.

Tenía el boliche y los cascos de refresco, ambas cosas se conectaban y daban una posible respuesta a la pregunta: ¿Dónde encontró Elena a Es. y G.? También daban una respuesta, un primer hilo para resolver el rapto.

Estaba Marisa Ferrer llorando. Imagen nada convincente. Y que algo ocultaba.

Pero estaba también un ingeniero homosexual ya enterrado, y un ingeniero llamado Camposanto que podía invitar a una fiesta, según el obrero gordito de la lonchería.

Y estaba también el malestar del gerente general, inexplicable, desconcertante. Y el lío sindical en pleno ascenso.

También estaba un cadáver llamado Osorio Barba, predecesor de Álvarez Cerruli en la muerte. ¿También en lo maricón?

Estaba una muchacha apellidada Bustamante. Un ex novio llamado Arturo.

La ex mujer del ingeniero muerto, una sirvienta que se había ido al pueblo, un abogado apellidado Duelas, un líder sindical alto de pelo negro, un charro de la CTM con traje café.

Y estaban los tres hombres que recogieron pasaporte en San José de Costa Rica en 1934.

Por si esto fuera poco, había además una caja de cartón con los papeles del viejo Belascoarán y un montón de cartas en el bolsillo que no había podido leer.

Tenía que comprar los refrescos para la oficina, llevar la ropa de su casa a lavar. Seguir viviendo.

Había empezado la enumeración en broma, y al final se sintió profundamente abrumado. En orden de prioridades debería empezar por el boliche, pero optó por lo menos importante y al fin le cruzó por la cabeza la voz del *Cuervo* Valdivia en la estación de radio.

El Núcleo Radio Mil desde donde emitía la XEFS está en Insurgentes dentro de la misma colonia Florida. Tras andar deambulando por pasillos y estudios encontró la cabina donde de once de la noche a cinco y media de la madrugada minutos más o menos, transmitía *el Cuervo* todos los días. No había llegado todavía, y sacudiendo la pereza, decidió dejar de darle vueltas al asunto y lanzarse hacia el Bol Florida.

¿Tenía miedo?

Había tenido miedo muchas veces en su vida, era una sensación que reconocía. Miedo físico a la agresión muy pocas, la mayoría de las veces miedo a la soledad, a las responsabilidades, al error. Pero esto era diferente. Era quizá la combinación del miedo con la modorra. Después de todo, un estado ideal para entrar en combate, se dijo.

El ruido de las bolas rodando, de los pinos cayendo: el rumor lo golpeó como la cresta de una ola en la cara. Buscó con la mirada las dos caras que quería encontrar. Mesa a mesa, en los grupos tras los jugadores, en la cocina de puerta giratoria, en la oficina, en la mesa de recepción donde manejaban el automático, hacían las cuentas, entregaban los zapatos y las hojas de anotación.

Nada. Se dirigió a paso lento hacia el mostrador.

¿Qué iba a preguntar?

Optó por el camino directo.

—Ando buscando a una muchacha que se llama Elena —dijo mirando fijamente al hombre de la recepción, gordo, sonriente, fornido.

—No conozco.

—La ando buscando porque alguien la secuestró.

—Órale pues —dijo el gordo sonriendo.

—Me gustaría revisar sus instalaciones.

—Ah, pues mucho pinche gusto. Nomás que no se va a poder.

—Entonces, ni modo —dijo Héctor y sin insistir le dio la espalda al gordo y caminó lentamente hacia la puerta.

Al llegar a la salida volteó y se quedó intercambiando miradas con el gordo de la caja que lo contempló calmadamente. Después de un rato el gordo levantó la mano y le hizo un gesto obsceno, Héctor le pintó un violín y salió a la noche.

Tenía sueño, mucho sueño.

VI

— …Y CUANDO en lugar de correr agarramos a cadenazos
al jorobado de Nuestra Señora de París… el cabrón tiraba
chingadazos en serio, a matar.

—Pero Rosas, te acuerdas de Rosas, aquel chaparrito,
moreno, con el pelo como pájaro loco. Él decía que era
muy chingón y que cuando va caminando le sale de una
pared una mano…

—¡La mano pachona!

—Se meó el culero… Se meó.

—Y luego un tal Echenique del tercero C que se baja
del puente ese que se movía y que le cae encima una señora diciendo que era La Llorona, que si él era uno de sus hijos. Y el cabrón que sale corriendo. Y entonces llega y nos
dice, vamos a meterle mano a la pinche vieja ésa, y que
nos descolgamos como diez cabrones sobre La Llorona
que decía: "¡Ustedes son mis hijos! ¡Ustedes son mis hijos!" Y allí, en medio de la oscuridad que le metemos
mano: ¡Y era un cabrón!

—Yo iba con unos cuates de tercero que se sentían
muy chingones, y a uno de ellos que le sale de un ataúd
una momia y que lo acorrala. Y el cuate decía: "Me cae
que yo no hice nada." La momia le decía: "Tú fuiste a las
pirámides a fregar en mi sepulcro." Y el cuate contestaba:

115

"Me cae que yo no fui." Y nosotros ni reírnos podíamos, cagados de miedo. *La casa de los monstruos* se llamaba. ¿Te acuerdas? La ponían en un edificio en construcción allá en Insurgentes Norte.

—Yo nunca pasé tanto miedo desde entonces… Pero ahí volvíamos.

—Era el reto —dijo Belascoarán.

Estaban sentados en una diminuta oficina con las paredes llenas de discos. Valdivia había sacado una botella de ron e improvisó una cuba libre en vaso de papel. Héctor tomaba gingerale saboreándolo.

—Y tú, ¿en qué andas? —preguntó al fin Valdivia.

—Soy detective.

—¿De la policía?

—No, independiente —dijo Belascoarán. La palabra "privado" le molestaba y había encontrado el apellido ideal para el oficio.

—Tenía entendido que terminaste ingeniería.

—Algo hubo de eso.

—Y entonces…

Y Héctor, en lugar de contarle la historia que había quedado atrás le contó el triángulo sorprendente en que se había metido. Un vértice en empresa Delex y el ingeniero muerto. El otro en los ojos fulgurantes del mito de don Emiliano vivo, el tercero en una muchacha con el brazo en cabestrillo que tenía miedo.

Valdivia se quedó pensando.

—Oí tu programa la otra noche. Me gustó. A veces siento que concilias demasiado con la gente que escucha. Como que necesitas venderles algo.

—¿A qué hora lo escuchaste?

—Como de doce a doce y media, un poco más…

—Es la hora en la que se está calentando. Luego la gente lo hace todo.

Se hizo un nuevo silencio.

—¿Quieres que te eche una mano?

—¿En qué?

—No sé —dijo el locutor—. Si estás en problemas habla. Yo te presento. Y el público puede colaborar. No tienes idea la cantidad de gente que escucha y lo ansiosa que está de colaborar en algo. La necesidad que tienen de ayudar, de ser ayudados.

—Te creo.

—Piénsalo… Te doy los seis teléfonos que tenemos. Usa cualquiera —le tendió una tarjeta.

Héctor la tomó.

—Te dejo, mano.

—Que haya suerte —se abrazaron.

Héctor quedó en el pasillo esperando.

Valdivia volteó a mirarlo. Un hombre extremadamente delgado, que empezaba a quedarse calvo, con un enorme bigote debajo de un par de ojos claros.

—Lo que quieras, viejo… Cualquier cosa. Hasta reanimaría el programa.

Camino a la Nápoles por Insurgentes, dispuesto a cubrir la guardia frente a la casa del ingeniero, Belascoarán prendió la radio.

Esta noche, encontré a un viejo amigo. Parece mentira cómo esta ciudad monstruosa en la que vivimos destruye la amistad. La traga. Me dio mucho gusto verlo. Actualmente trabaja como detective y prometió telefonearme de vez en cuando. A ver si desde *Las horas del Cuervo* podíamos echarle una mano. Detective "independiente", claro está. Conque, ya están avisados.

Ahora, para abrir fuego, una canción de Cuco Sánchez que bien podría servir de himno a este programa, para iniciar una noche que promete ser larga y borrascosa. *Arrieros somos.*

Y recuerde los teléfonos quinientos once veintidós cuarenta y siete, quinientos once treinta y uno diecinueve, quinientos ochenta y siete ochenta y siete veintiuno, quinientos sesenta y seis cuarenta y cinco sesenta y cinco, quinientos cuarenta y cuatro treinta y uno veintisiete y quinientos sesenta y ocho ochenta y nueve cuarenta y tres. *El Cuervo* está aquí para servir de puente entre todos nosotros. Para movilizar los recursos desperdiciados de la ciudad, para establecer un camino solidario entre los habitantes de la noche, entre los vampiros del DF... No le dé vergüenza. Todos tenemos problemas, y hay pocas soluciones fáciles.

La melancólica y broncuda letra de Cuco Sánchez irrumpió por el estéreo:

> *Arrieros somos*
> *y en el camino andamos...*

Belascoarán detuvo el coche a unos cincuenta metros de la puerta del edificio y en el mismo sentido del tránsito, de manera que pudiera ponerse a la cola del coche cuando éste saliera.

Bajó a caminar. En el garaje no estaba el coche de Camposanto. Maldijo en voz baja. Tiempo perdido.

Las luces de los anuncios, hasta las del semáforo le golpeaban la retina. El cuello de la camisa tenía la consistencia de cartón mojado y los calcetines la de una pasta de macarrones que le rodeara los pies. Parecía que se acercaba la hora de rendirse temporalmente. Pero fiel a la trayectoria de seguirse la contraria, dirigió nuevamente el coche hacia el sur. Tomó gasolina y orinó en el baño de la gasolinería.

El boliche tenía las luces apagadas. Curioseó a través de los vidrios de la puerta delantera de vidrio grueso. No se veía nada. Revisó las dos casas de departamentos que lo flanqueaban. Dio la vuelta a la manzana. Las calles estaban solitarias. Sólo en una contraesquina tropezó con una pareja de novios que ni siquiera lo miraron. La espalda del boliche estaba cubierta por una tienda de abarrotes. Dio la vuelta nuevamente a la manzana buscando algún resquicio por dónde colarse. Probó a meterse en el estacionamiento de una casa de departamentos que flanqueaba al boliche.

Una de las cadenas que sujetaba las puertas tenía el candado prendido a un lado cerrado en torno a un eslabón. Pasó al garaje. Tras tropezar con un bote de basura y espantar a un gato, encontró una pequeña puerta verde de menos de un metro que daba hacia la pared de lo que debería ser el boliche. Corrió un pasador que chirrió y se abrió paso a una escalera de cuatro escalones que daba a un sótano de techo muy bajo. Caminó inclinado entre los desperdicios del propio boliche hasta llegar a un almacén de bolas estropeadas. Al tiento reconoció las mordidas en lo que deberían ser esferas perfectas. En la absoluta oscuridad fue tanteando las paredes.

Cuando tropezó por segunda vez con unos palos que estaban en el suelo prendió el encendedor un instante para orientarse. Al fondo, correspondiendo al opuesto del lugar donde había entrado, había otra puerta herrumbrosa. Se acercó a ella. No tenía candado, pero el pasador que corría por el exterior la mantenía cerrada.

Buscó en los bolsillos algún instrumento para empujarlo por el resquicio que dejaba la puerta a sabiendas de que no traía nada. Encendió de nuevo hasta quemarse los dedos al calentarse el metal del encendedor, pero no distinguía nada en medio de las maderas rotas, los restos de duelas, los pinos astillados y la basura en el suelo. Repitió el camino de entrada. Nuevos tropezones le hicieron desear haber buscado trabajo de cura o locutor de televisión. Salió a la calle sobándose el tobillo derecho donde se había incrustado la defensa de uno de los coches en el estacionamiento. Lo que al principio era un ejercicio se estaba convirtiendo en un penoso trabajo artesanal. En el coche encontró en la guantera un desarmador largo y delgado. Volvió de nuevo al interior del garaje. La calle atrás seguía solitaria. Recorrió la puerta, y recordó el camino entre las maderas rotas que lo conducía hacia la puerta de enfrente. Encontró la comisura y empezó a tratar de empujar el pasador con el desarmador. Al tercer intento lo hizo recorrer su eje. La puerta chirrió abriéndose a la oscuridad. Tanteando recorrió una escalera similar a la que había encontrado al otro lado. Como tenía un escalón más que no entraba en sus cálculos tropezó y se lastimó la muñeca derecha al caer. Estaba en eso cuando a lo lejos percibió una leve luz. Se deslizó hasta el suelo entornando la puerta que daba acceso al Bol.

Lentamente, intentando que los sonidos rítmicos del aire escapando de los pulmones desaparecieran, sacó la pistola. El sonido de un par de voces y los pasos que las acompañaban se fueron acortando.

— …No va a pensar nada. No sabe nada, está tanteando por aquí. Pero mientras tanto, ni se aparezcan ustedes. Sáquenla de aquí, pero ya. Le di a Gerónimo la dirección de un hotel en la calzada de Zaragoza. El gerente me conoce de hace años. Allí la guardan y esperan a que aclare el paisaje…

El nombre del hotel, di el nombre del hotel. El nombre del hotel.

—Yo mejor le daba una compostura al güey ése, lo esperaba a la salida la próxima vez que se dé una vuelta y de ahí…

Las voces y los pasos se siguieron alejando. Inclinando la cabeza Héctor trató de ver por la rendija inferior de la puerta. Sólo alcanzó a divisar la parte inferior de dos botas negras. Escuchó el motor de un coche que se alejaba. Las botas claquetearon hasta desaparecer. Trató de ubicarse. ¿Iban hacia la cocina?

Lentamente repitió el camino de regreso. Sentado en el coche trató de reconstruir. Encendió otro cigarrillo.

Cuando entró no había coches con gente en la cuadra.

Había tres coches vacíos, los mismos que estaban ahora. Asomó la cabeza por la ventanilla abierta y los contó. Mientras estaba en el sótano de algún lado salió un coche con Elena adentro, el mismo que el hombre que habló con el de las botas usó para irse. Bajó del coche y caminó hasta el garaje de la otra casa de departamentos que flanqueaba el Bol. De ahí podía haber salido. Pero si estaba ahí cuando él llegó en el coche, tenían que haberlo visto. De manera que mientras andaba en el sótano sacaron del Bol a la muchacha y la pusieron en el coche.

Todo sonaba muy raro, como si la lógica hubiera dejado de ser una ciencia exacta para volver al reino del albur.

¿Gerónimo se escribía con *g* o *j*?

¿Cuántos hoteles había en la calzada Zaragoza?

Empezaba a encabronarse consigo mismo. Todo sonaba demasiado fácil. La conversación había sido sorprendida en el momento oportuno. No le gustaban las soluciones sencillas. En una ciudad de doce millones de habitantes la suerte no existe. Sólo existe la mala suerte.

¿Y si todo era un cuatro, una pinchurrienta trampa para pendejos? ¿Pendejos como él?

Arrancó el coche y lo alejó un par de cuadras del Bol Florida. Estacionó frente a una casa iluminada donde se daba una fiesta. La música se deslizaba por las ventanas con la luz de las lámparas y el olor a comida.

En la cabeza le bullía una idea sorprendente: ¿Y si no hubiera habido secuestro? Las lágrimas de Marisa Ferrer le daban la impresión del agua corriendo por una llave abierta.

Había entonces tres posibilidades: o sacarle a patadas al de las botas negras algunas respuestas o visitar a la actriz para ver qué se ponía en claro o recorrer los doscientos hoteles que debía haber en la calzada Zaragoza.

Una cuarta posibilidad consistía en irse a dormir. La tentación crecía a pasos agigantados. Sin embargo, una vaga conciencia del deber y la imagen de la colegiala con el brazo en cabestrillo acabaron obligando a desechar el sueño. Restregó los ojos con las palmas de las manos abiertas y encendió un cigarrillo más. El tabaco comenzaba a darle asco. Estaba de nuevo intoxicado. Tiró el cigarrillo por la ventana y dejó que el aire le diera en la cara. Arrancó el coche, encendió la radio y dejó que el viento fresco lo despabilara.

Si te sientes idiota, hermano, no es culpa tuya. Atribúyaselo a que son las dos de la madrugada y seguro que no dormiste bien.

Aquí, *Las horas del Cuervo*. El primer y único programa de radio de solidaridad pura entre los perros noctívagos, vampiros, trabajadores de horas extras, estudiantes desvelados, choferes de turno nocturno, huelguistas que hacen guardia, prostitutas, ladrones sin suerte, detectives independientes, enamorados defraudados, solitarios empedernidos y otros bichos de la fauna nocturna.

Con ustedes, *el Cuervo*, el ave mágica de la noche eterna, dispuesto a colaborar en las cosas más extrañas. Por cierto, antes de que escuchemos un par de sambas *brasileiras* dedicadas al amor, un vecino de la colonia San Rafael, con domicilio en Gabino Barreda ciento diecisiete departamento trescientos uno, pide auxilio urgente. Parece que se rompió la empacadura de las llaves del baño y su casa se está inundando. A los que viven por esa colonia y en esa calle, favor de darse una vuelta con cubetas para colaborar a impedir la inundación.

Le suplicamos al señor Valdés de Gabino Barreda que nos informe cuántos llegan a echar una mano.

Y bien, para que el lamento de la samba vele por nuestro desvelo, con ustedes Joao Gilberto.

La música inundó el coche. Había estado dando vueltas a la manzana desde hacía cinco minutos. Dudó entre tomar la decisión que estaba aplazando o irse a la colonia San Rafael a ayudar a impedir la inundación.

"El toro por los cuernos" —se dijo tratando de fabricar una frase definitiva que perdió toda su solemnidad al ir acompañada por un nuevo bostezo; si la cosa seguía así terminaría con la mandíbula deformada.

Enfiló hacia la casa de la actriz. El coche pareció recorrer el camino solo, hasta depositarlo en la casa de dos pisos.

Tocó el timbre una y otra vez, hasta que la sirvienta entreabrió la puerta. Aprovechando el resquicio empujó y entró a la casa. La mujer se quedó inmóvil con una bata vieja sobre los hombros que dejaba ver un camisón blanco de algodón. Silenciosa se hizo a un lado. Belascoarán recorrió el pasillo abriendo puertas. ¿De dónde le salía el furor? ¿Por qué la sensación de que la actriz lo había engañado?

De repente pensó que Marisa Ferrer estaría en la cama con un hombre y se detuvo ante la puerta de lo que debería ser la recámara. Tocó dos veces con los nudillos. Nadie contestó. Abrió la puerta. A la luz de una lámpara de buró, Marisa Ferrer, actriz de cine y cabaret que había subido la loma por el camino duro, dormía bajo la sábana gris perla tendida boca abajo, con la espalda desnuda y los brazos caídos en una posición extraña. Belascoarán caminó hasta ella y la tocó. La mujer no reaccionó, permaneció inmóvil ante la mano que se apoyaba en la espalda.

Belascoarán giró la vista. La sirvienta contemplaba silenciosa desde la puerta sosteniendo firmemente la bata con los brazos cruzados.

—¿Ha estado antes así otras veces? —preguntó Héctor.

Ella asintió.

Buscó en la mesita de noche hasta encontrar en el cajón superior la jeringa y el sobre de polvo blanco. Los arrojó de nuevo en el cajón y lo cerró violentamente.

Recorrió el pasillo con la sirvienta siguiéndolo.

El aire de la calle le rebajó la rabia. Subió al coche decidido a romper el *impasse*. La radio permaneció encendida y se escuchaba un rítmico canto ritual africano.

Se detuvo ante el Bol Florida. Dudó. Después de todo una trampa tenía la virtud de poner a luz a los que la montaban. ¿Pero cuántos hoteles había sobre la calzada Zaragoza? Recordaba haber visto por lo menos una docena, y eso sin irse fijando detenidamente. Por lo menos habría cuarenta, quizás más. ¿En cuál de todos estaba la muchacha? Era una trampa demasiado complicada. Si la hubieran querido montar bien, hubieran dado el nombre del hotel. Se bajó del coche y caminó hasta la puerta del Bol.

Recorrió el camino que había explorado hacía un par de horas. ¿Era tenacidad? Esa terquedad que le impedía irse a dormir, que le empujaba un pie tras otro en medio de aquella noche sin fin.

Cuando rebasó la segunda puerta trató de ubicarse en el espacio abierto del boliche, tras haber dejado atrás el olor de humedad del sótano. A la derecha las mesas, al fondo a la izquierda la cocina, tras ella probablemente las habitaciones, una luz se filtraba tras la segunda puerta rebasada. Sacó la pistola, se pasó la mano por los ojos cargados de sueño. Pateó con rabia.

Uno de los goznes de la puerta se rompió y las astillas volaron, la puerta quedó medio caída, sólo sostenida por la bisagra inferior.

A la luz tenue de una lámpara el gordo de pelo chino de la mañana leía tendido sobre la cama una fotonovela. Las botas reposaban al lado de la cama recientemente boleadas y brillantes. Sobre la mesa de noche un par de vasos vacíos, una botella de pepsicola a medio llenar, unas pastillas para la tos. En una silla al lado de la cama una navaja de botón y unos pantalones arrugados. Un librero con periódicos viejos amarrados con una cuerdita y dos paquetes de Philip Morris que le hicieron recordar la oficina de los gerentes de la Delex. En la pared dos fotos de Lin May y un póster del Cruz Azul.

El gordito dejó caer la revista y se arrinconó en el extremo más lejano de la cama.

—Buenas noches —dijo Héctor.

El gordito quedó callado.

Héctor repasó de nuevo el decorado del cuarto, la sordidez ajena tenía la propiedad de sacudirle la sensiblería. ¿Ahora qué carajo hacía? Todo había parecido muy claro en los primeros instantes: sacar pistola, patear puerta, entrar cuarto. De acuerdo al guión escrito de esta historia ahora había que: o sacarle la caca al gordito a patadas para que dijera el nombre del hotel de la calzada Zaragoza, o envolverlo en una conversación en la que soltara la papa.

Héctor se sentía incapaz de ambas cosas. Por eso, permaneció callado.

Estuvieron un par de minutos así. Trató de buscar opciones al callejón sin salida en que se encontraba. Si lo amarraba y luego esperaba que se soltase y lo seguía. Si hablaba por teléfono. Si interceptaba el teléfono. Al llegar a esa perspectiva se sonrió. ¿Y cómo mierdas se interceptaba un teléfono en este país?

El gordito respondió a la sonrisa con otra sonrisa.

—¿De qué te ríes, güey? —preguntó Héctor sintiéndose cada vez más incómodo.

—Nomás —respondió el gordito.

Pasaron otros dos minutos de silencio. El gordito se revolvió al fin nervioso en la cama.

En vista de que no se le ocurría nada sólido, Héctor saltó sobre la cama. Las patas se hundieron ante el peso del detective, que dando un elegante salto para atrás volvió al lugar en el que estaba. El gordito aterrorizado había rodado al suelo.

Héctor le dio la espalda y salió del cuarto.

La guía telefónica por calles le entregó la exorbitante cantidad de ciento diecisiete hoteles y moteles sobre la calzada Zaragoza. Sentía ganas de llorar. Ordenó la ropa que había que mandar a lavar, arrojó trastes sucios al lavadero, tiró la ceniza al bote de la basura, lavó los ceniceros, abrió las ventanas y se dejó caer vestido en la cama. "Vaya vida de mierda", se dijo y a pesar del sueño que lo perseguía ferozmente, no pudo dormir. A las cinco de la madrugada saltó de la cama, metió la cara bajo la llave de agua fría y permaneció así un rato. Una profunda sensación de derrota lo dominaba.

La Tolvanera, decía el letrero solitario batido por el viento a un margen de la carretera. Guardó la novela que había venido leyendo en el bolsillo de la gabardina y caminó hacia las calles solitarias del pueblo. Había viajado quince horas combinando el sueño con el descanso que le producían las planicies rotas y erosionadas que encontró después de Huajuapan de León.

El pueblo parecía muerto. Cuatro calles polvorientas y solitarias. Entró a una lonchería, La Rosita, "PEPSICOLA ES MEJOR", para escapar del viento que lo empujaba. La sombra profunda lo obligó a esperar un instante antes de poder distinguir al viejo tras el mostrador.

—¿Me podría decir dónde vive don Eladio Huerta?

—Ya no vive.

—¿Dejó familia?

—Era solo.

—¿Hace mucho que murió?

—Tres años. Si sigue la calzada como a cien metros está el panteón.

Belascoarán obedeció solícito. A la salida del pueblo había una refaccionaria en la que dos hombres trabajaban peleando contra la tierra que levantaba el viento en el motor de un camión de redilas.

—Buen día.

—Buenos días —respondieron a coro. Ésa era una de las cosas que más apreciaba de los pueblos. La gente aún saludaba.

Tras la refaccionaria un cementerio de automóviles. Tras ellos, el llano abierto, roto tan sólo por el panteón. Cincuenta tumbas desperdigadas, con las cruces carcomidas y la hierba seca.

ELADIO HUERTA 1882-1973.

Bajo el nombre la foto amarillenta de un anciano.

Y bien, el camino estaba cerrado. Ya no quedaba escapatoria; había que ponerse de nuevo frente a la ciudad. Volver a pasar la noche ante la casa de un ingeniero, recorrer ciento diecisiete hoteles buscando a una muchacha. Había sido una huida hacia ninguna parte.

Volvió a la carretera y pasó un par de horas combatiendo con el viento brutal que cruzaba el Istmo del Pacífico al Atlántico, barriendo la tierra y los árboles Un camión de segunda lo recogió y prosiguió renqueante camino hacia Oaxaca.

El camión de Oaxaca llegó a las dos y diez de la madrugada a la ciudad de México y de él un magullado detective descendió dejando atrás las treinta y cinco horas de viaje continuo. Subió al coche que había dejado estacionado frente a la terminal y cruzó Insurgentes en medio de la noche. La radio, su fiel compañera le transmitió unos mensajes.

Si está esperando, no espere más... Si ya dejó de confiar en que el que espera llegue, hace bien. Considérese dueño absoluto de las horas que le quedan enfrente. Deje de llorar ante el espejo, prepárese un café bien cargado y sonría. No haga preguntas.

La noche, esa compañera fiel lo acompaña...

Surgió del estéreo un disco de Peter, Paul and Mary que le recordaba sus semanas a la espera de la fiesta del sábado en la tarde.

Se detuvo ante el Bol Florida y buscó algo con la vista. Lo encontró en un edificio en construcción a veinte metros de allí: pedacería de ladrillos y cascajo. Casi cayéndose transportó frente al boliche diez kilos de proyectiles de variados tamaños y bajo la luz mercurial comenzó a lanzarlos en rápida sucesión contra las vidrieras. Los vidrios saltaban destrozados. En medio del fragor del combate descubrió que se estaba divirtiendo. Contempló el destrozo de las vidrieras, lanzó los últimos ladrillos contra las líneas de boliche y subió al coche. Se alejó de allí antes de que las luces de las casas vecinas comenzaran a encenderse.

—Se rió de mí. Y yo como pendeja. Me mandas a cada cosa, hermanito...

Elisa devoraba los espaguetis con estilo, de eso no cabía duda.

—Me dijo: "¿usted piensa que dos meses después de muerto le quedan huellas en el fundillo de sus malos pasos por la vida?" Y vuelta a reírse el pendejo.

Héctor no pudo menos de sonreír.

—¿Y qué hiciste?

—Le menté la madre y me fui... Además qué pinche lugar más siniestro es el servicio forense ése... Ay nanita... Tienen los muertos como las cervezas en un camión.

—Bueno, se agradece la molestia.

Elisa continuó batallando con los espaguetis. Héctor sin hambre la veía comer. Estaban en un restaurante de la Zona Rosa, con las mesas sobre la banqueta, en una tarde de sol espléndido, reconfortante.

—Hay más, hay más... —dijo Elisa sonriente.

—¿Más de qué? —Héctor escuchaba con la mitad de los sentidos. Los restantes los tenía depositados en los muslos de una muchacha negra sentada dos mesas más allá. En eso y en aquel sol genial que le estaba calentando los huesos.

—En vista de que no aparecías seguí yo sola —dijo y se engulló otra monstruosa ración de espagueti.

—¿Comen mucha comida italiana en Canadá?

—Mucha —dijo Elisa con la boca llena.

—¿Y les gusta? —dijo Héctor por decir algo.

—Bassstahnthe —respondió su hermana.

La muchacha negra cruzó una mirada con Héctor y regresó la vista hacia el menú que tenía extendido ante los ojos.

—¿Qué decías de que seguiste tú sola? —dijo el detective volviendo a la realidad.

Elisa limpió el plato con un pedazo de pan y dejó que el mesero se lo sustituyera por una ración doble de calamares en su tinta con arroz.

—Carajo, qué hambre hacía…

—¿Qué encontraste?

—Un hombre solitario el tal Osorio Barba, sin vida familiar. Arribista, gris mediocre, con fama de profesionista experimentado. En el edificio donde vivía nadie pudo decir más de tres frases sobre él. Hasta que llegué al portero.

Arremetió contra los calamares. Sin duda estaba gozando el ritmo de la conversación. Era una mujer delgada, que había heredado las pecas y el cabello rojizo del lado irlandés de la familia, de hombros anchos y fuertes. Vapuleada por un matrimonio temprano con un periodista canadiense que resultó alcohólico y paranoide. Roto el contacto con México y su generación durante cuatro años, apenas empezaba a poner los pies sobre el suelo. Compartía con Héctor el gusto por las situaciones inesperadas, el placer de las noches de desvelo.

Tocaba pasablemente la guitarra, y escribía algunos poemas que no enseñaba a nadie. "Soy un tren en vía muerta", decía de sí misma:

—¿Están buenos?

—Buenísimos... Buenisísimos... ¿Quieres?

Héctor negó con la cabeza, para luego, tardíamente como siempre, arrepentirse. Metió su tenedor en plato ajeno y sacó un calamar enorme.

—El portero me vendió en cien pesos una caja de papeles que había dejado el muerto en su departamento... Pura basura, lo único interesante fue una nota en medio de un fólder de pedidos para la fábrica con tres direcciones, tres nombres.

—¿Y entonces?

—Fui a las tres direcciones, observé de lejos a los tres dueños de los nombres... Son muchachos de veinte a veinticinco años los tres, de clase media, dos estudian, el tercero es contador en un Banco de Comercio. Me corto las pestañas si no son maricones.

—Dame los nombres.

—Dame los cien pesos que me costaron.

Héctor sacó el billete de la bolsa.

—Ay, por favor, no seas mamón, era broma... Te pasas de solemne.

Héctor sonrió.

—¿Te lleva a algún lado esto?

—Creo que no, sólo confirma que parece que hay algún desmadre de homosexuales detrás de los ingenieros muertos.

—Te imaginas lo que podría hacer *Alarma!* con esto: ¡Gerentes putos en la zona de Santa Clara!

El mesero se acercó a la mesa.

—¿Desea algo más?

—Pastel de fresa.

Se había subido de la tienda de jugos de abajo un licuado de mamey y lo estaba sorbiendo lentamente. Contemplaba por la ventana los edificios de las oficinas de enfrente, grises, con los vidrios sucios ocultando las razones sociales. Algunas luces comenzaron a encenderse.

Tomó el directorio telefónico y buscó el Bol Florida. Lentamente marcó los siete números.

—Bueno, ¿Bol Florida?

Dejó pasar un instante.

—Óyeme gordito, me anda cruzando por la cabeza la idea de quemar un hotel en la calzada Zaragoza y ponerle tres cartuchos de dinamita a tu pinche changarro.

En el auricular se escuchaba lejano el sonido de las bolas golpeando contra los pinos.

—Por cierto, diles a tus cuates que hoy en la noche escuchen XEFS.

Colgó.

—¿Qué trae, vecino?

—¿Qué pasó, don Gilberto?

—De cuándo acá nos llevamos de don, y toda la cosa... Le traigo informes de la chamba que me dejó el otro día, pero como no lo vi.

—Escupa usted.

—El viejito que vivía en el Olivar de los Padres era un ruquito muy callado, que se las pasaba solitario todo el tiempo. Hacía reatas y las vendía. A veces iban a verlo los chavos del equipo de futbol de la colonia y platicaba con ellos. Recibía una pensión de veteranos de la Revolución, de los que pelearon con Zapata. Tenía fama de broncudo, porque cuando llegaron los granaderos hace diez años a sacar a los paracaidistas, sacó una carabina de la casa y se les puso al pedo. En 1970 se fue de allí. No dejó dirección. Hace muchos años se había ido también pero regresó. Ahora la casa está vacía, la usan de depósito de material de construcción los paracaidistas.

Esperó la reacción al informe. Héctor escuchó en silencio, dibujando flores en el periódico viejo que les servía como agenda.

—Sin más entonces, ahí lo dejo con sus penas, que me cayó entre manos un arreglo muy sabroso.

—¿Qué le va a arreglar a quién?

—Eso es secreto profesional, mi buen. ¿Le enciendo la luz?

Héctor negó con la cabeza.

Se acercó al montón de cartas que había sobre la mesa y las reunió con las que llevaba desde hacía días en el bolsillo.

Tras el escritorio un vapuleado sillón giratorio lo esperaba. Se dejó caer en él y subió los pies sobre la mesa. En la creciente penumbra aún se podían ver nítidamente las tres fotos colgadas en la pared.

Don Emiliano, el cadáver caído sobre el escritorio y la muchacha del brazo en cabestrillo ¿Quién perseguía a quién? La noche iba cayendo en la ciudad, a plomo.

Se puso en pie y volvió sobre la lista de hoteles que había en la calzada Zaragoza. Ahora era un problema de paciencia.

Marcó el primer número.

—Comunícame con el gerente de inmediato... Dígales a sus amigos que tiene de plazo hasta las doce de la noche para soltar a la muchacha, si no, volaré el hotel...

Colgó.

Iba a tomar un buen montón de horas recorrer la lista entera. Y todo bajo el supuesto de que el hotel estaba en la calzada, y no cerca de la calzada.

Hora y media más tarde estaba rondando las setenta y cinco llamadas, todas con el mismo resultado. A la amenaza, preguntas: ¿Quién habla? ¿Quién es? Mentadas de madre o respuestas en broma. Podía haber sido el primero al que habló, podría ser el último. Prosiguió fiel al programa. La boca se le había secado.

—Comuníqueme de inmediato con el gerente... con el encargado... entonces... ¿Bueno?... Dígales a sus amigos que tienen hasta las doce de la noche de hoy para soltar a la muchacha, si no, volaré el hotel en mil pedazos. No me ando con mamadas.

Colgó.

—Y ahora ¿por qué va a volar un hotel, vecino? ¿Y por qué está con las luces apagadas? —preguntó el ingeniero en cloacas que iniciaba su turno de trabajo.

—Comuníqueme con el gerente... ¿bueno?... Dígales a sus cuates que tienen hasta las doce de la noche de hoy para soltar a la muchacha, si no, vuelo ese pinche hotel en mil pedazos... Lo hago cagada —remató enfáticamente.

Tachó el Hotel del Peregrino de la lista. Hotel del Monte seguía.

—Ataques de locura que me dan.

—Ya está ronco, ¿lleva mucho en esto?

—Un par de horas.

—Déjeme, yo le sigo... ¿Qué tengo que decir?

Héctor le explicó las palabras claves, y le cedió el teléfono señalándole el lugar de la lista donde se encontraba. Dejó a *el Gallo* en el teléfono y se fue al escondite secreto en busca de un refresco. El último. Carajo, por andarse burlando del plomero se le había olvidado comprar. Lo iban a poner como camote sus vecinos.

—Comunícame con el gerente, pero ya, es asunto grave —dijo el ingeniero en el teléfono—... Óyeme cabrón, diles a tus cuates que tienen hasta las doce de la noche para soltar a la muchacha, si no, vuelo tu puto hotel en cachitos... La dinamita está esperando.

Colgó.

—¿Eh, qué tal me salió?

—Pocamadre. Déjele, yo le sigo.

—No, yo le sigo un rato, ya me gustó.

Héctor se dejó caer en el sillón.

—Nomás que ya no veo una pura chingada con las luces de los anuncios. ¿Qué, hay que hacerlo a oscuras o de jodida podemos prender las veladoras?

—Disculpe, vecino, es que me dolía la cabeza.

Encendió la luz y volvió a dejarse caer en el sillón.

—Comuníqueme con el gerente… Óigame reverendo hijo de la chingada, tienen usted y sus amigos hasta las doce de la noche para soltar a la muchacha… Dígaselos ya. Si no, vuelo ese hotel en pedazos.

Se veía francamente radiante.

Héctor echó mano de la correspondencia. Empezó por un telegrama.

DIRECCIÓN PROPORCIONADA CORRESPONDE CASA DEMOLIDA HACE DIECISÉIS AÑOS. DUEÑO MUERTO ACCIDENTE DE TRÁNSITO. AGENCIA GARZA HERNÁNDEZ. MONTERREY.

Bueno, con esto se acababa la historia de los pasaportes expedidos en San José de Costa Rica.

— …Su pinche hotel en mil pedazos.

Una nota de registrado que amparaba un paquete de libros enviados desde Guadalajara. La guardó.

Una carta de la Academia Mexicana de Investigación Criminal, donde lo invitaba a dar un curso sobre el tema que más le interesase. La tiró a la basura.

Una carta de la Asociación de Karate y Artes Marciales Kai Feng, con ilustrativos folletos sobre cursos y costos.

Una carta de la señora Sáenz de Mier diciéndole a Gilberto que no tenía decoro profesional, que la regadera escupía agua color café y el baño al jalar la cadena producía un remolino con burbujas y pompas de jabón.

La guardó como una reliquia. Lo único que faltaba es que cuando alguien meara se oyera *La Marsellesa*.

— …Le voy a dejar el hotel en escombros con un par de cartuchos de dinamita. Ja ja já —remató el ingeniero Villarreal que estaba logrando notables mejoras en el texto original.

Dos cartas con folletos, una de una juguetería y otra de una exposición.

Una oferta de la colección completa del Séptimo Círculo, dos mil pesos, doscientos quince ejemplares.

"Bien barata", pensó.

—¿Bueno? Quiero hablar con el gerente…

Al final del paquete, como esperando que los asuntos menores se fueran a la basura, un par de cartas con matasellos y timbres extraños. Dudó entre abrirlas o mandarlas de nuevo al bolsillo a reposar mientras la tormenta en la que estaban inmiscuidos ciento diecisiete hoteles se definiera claramente.

Sus dudas hoy tenían más que ver con la adolescente del brazo en cabestrillo que con la muchacha de la cola de caballo distante y tan cercana. Pero lo decidió el pensar que bien cabía su desastrosa vida amorosa en el laberinto de las tres historias. Caray, bonito título para una novela policiaca: *El laberinto de las tres historias*, por Héctor Belascoarán Shayne.

Encendió un cigarrillo.

—Estamos dispuestos a destruir su hotel hasta la última piedra. Tengo en mis manos los cartuchos de dinamita…

Bonita historia policiaca si no estuviera uno tan dentro de ella, tan comprometido no con los resultados, ni con los contratadores, sino con el papel que se había aceptado en el reparto.

La primera decía:

Supongo que tus cartas persiguen al ferrocarril y a los autobuses en que viajo. No quiero que te quede la impresión de que huyo de ellas. Todo se resume en que la velocidad de la carrera ha aumentado, y entonces viajo más rápido que la luz que regresa de México. ¿No te gustaría cambiar de hotel todos los días? Afortunadamente el dinero se está acabando y no tengo ni la más mínima intención de pedirle a mi padre ni un centavo. De manera que llegará un momento en que tenga que decidir entre gastar los dólares de reserva que funcionan como la frazada de Lino y por tanto cerrar el camino del regreso e iniciar carrera como lumpen mexicana en Europa; o dar por terminada la huida y volver a México.

Entre los dólares de reserva guardo diez extras para mandar un telegrama avisando.

¿Cómo estás, amor?

¿Igual de solitario, con cara de perro triste? Últimamente te veo. El psiquiatrómono que me trataba en México diría que es un síntoma de paranoia. Pero ayer estabas en el Transbordador del Bósforo, y hace una semana en un bar de una aldea de pastores en Albania, y el otro día en una página de la sección deportiva del *France Soir*. Lo puedo jurar. Tus dobles, tus *alter ego* están haciendo trastadas por Europa.

Probablemente andan a la caza de estranguladores locales, o simplemente se dedican a vigilar mis permanentes e inevitables malos pasos.

¿Solución se escribe con *s* o *c*?

Te ama, te huye, te espera cada noche en la cama vacía y en el sueño.

YO

— ...Porque si no lo hacen ese hotel va a volar por los aires dinamitado. Así de gruesa está la cosa. Conque dése prisa —dijo *el Gallo* en el teléfono.

La carta estaba acompañada por una foto de la muchacha de la cola de caballo en un barco, acodada sobre la barandilla, viendo el mar a lo lejos, con una media sonrisa iluminando la cara. El pelo moviéndose por la brisa, una falda escocesa, calcetines y una blusa transparente.

La segunda carta estaba fechada tres días después.

He ido dejando huellas por todos lados, sería una sospechosa brutísima. En todos los hoteles dejo referencias para que me manden tus cartas a París. Pero ahora quiero saber, necesito saber.

Quiero en papel un motivo sólido para volver. El 27 estaré en el Hotel Heliópolis de Atenas. Dímelo.

Te amo… porque cuanto más lejos, más lejos. Ésa es la clave, la distancia no me da una falsa cercanía, la distancia me da una enorme lejanía, así como debe ser.

Dame pistas de tus locuras, quiero compartirlas. A pesar de mis frivolidades he estado descubriendo que también por aquí se está gestando la gran hoguera en la que seremos todos danzarines o mártires. La vida sigue.

Quiero una foto tuya de carácter, no he podido convencer a los taxistas, a los dueños de los restaurantes, a los amigos que me voy haciendo y deshaciendo, de que estoy enamorada de un ser tangible, les pareces una abstracción folklórica (perdóname viejo, ésa es la imagen que desatan en el viejo mundo las palabras: "detective mexicano").

YO

—Se acabaron, vecino… ¿Ahora qué sigue? —dijo *el Gallo* colgando el teléfono y tachando el último hotel de la lista.

—La vida sigue —dijo el detective asumiendo su lugar en el mundo que se prolongaba de las cartas y bebiéndose de un solo trago, porque tenía sed y ganas de celebrar, medio refresco—. Le agradezco la molestia, vecino.

—Ya sabe, encarguitos de éstos, cuando quiera. Ya me estaba divirtiendo —dijo *el Gallo*.

—¿Va a pasar la noche por acá?

—Toda.

—Le pido entonces un favor. En caso de que llamen dejando algún recado me lo transmite a la XEFS, a *el Cuervo* Valdivia a estos teléfonos, anote…

Le pasó la tarjeta.

Tomó el teléfono y marcó.

—La señora Ferrer.

—Un momentito. ¿De parte de quién?

—Belascoarán Shayne.

Un breve silencio.

—¿Sabe algo de Elena?

—Dentro de poco sabremos… espero. En caso de que llegue puede telefonearme a este número…

Dio el número de la oficina.

— …y dejar el recado al ingeniero Villarreal. Calculo que podrá estar hacia la una por la casa.

—¿Está usted seguro?

—No, no estoy seguro… Es un albur que me estoy jugando.

—Supe que había estado el otro día de visita…

—Pasé por allí…

Dijo Héctor y colgó.

Marcó el número de la estación de radio y le pidió a *el Cuervo* que actuara de enlace. *El Cuervo* se mostró divertido. Aceptó además transmitir un críptico mensaje que Héctor dictó por teléfono.

—Vecino, ¿es serio lo de la dinamitada?

—¿Por qué pregunta?

—Porque podría conseguirle unos cartuchos de dinamita… En una de las obras en que trabajo dejaron olvidado material que usaban en las voladuras… No mucho, dos o tres.

—¿Sabe cómo usarlos?

—Ajá.

—Le agradecería que me los regalara y me explicara el manejo.

—Sólo una condición.

—De acuerdo sin oírla.

—Me tiene que decir para qué y yo estar de acuerdo.

—Me parece justísimo. Diviértase —se colgó en los hombros la gabardina y salió.

La calle estaba fresca tras la breve lluvia que había caído. Héctor pasó al lado de los espectadores de la última función del Metropólitan, subió al coche y se dirigió a Insurgentes, rumbo a la casa del ingeniero Camposanto. En materia de terquedad estaba volviéndose una estrella.

Prendió la radio.

...en esa colección de poesía vietnamita de la que les hablaba, encontré unas líneas de un hombre. De repente sentí que me las había escrito a mí. Aquí las tengo. El poeta se llama Luu Trong Lu y dice:

"¿Hablas por la radio?, ¿trabajas? Siempre volveremos a encontrarnos en lo más recio de la pelea."

¿No están de acuerdo conmigo en que cuentan una bella idea?

Y ahora, dejemos de lado las historias personales y démosle alimento espiritual a los enamorados de amor grave, a los solitarios de la noche cuyo corazón supura... Una dosis de bolero melodramático para que se burlen un poco de sí mismos. José Feliciano y "Nosotros".

Parecía que Valdivia se había ido al baño y estaba estreñido porque el hombre del tornamesa conectó el primer bolero con un segundo y luego un tercero. Faltaban veinte minutos para las doce cuando Héctor rebasó la glorieta del Metro Insurgentes. El olor de los tacos al carbón estuvo a punto de separarlo de su destino, pero soportó la tentación.

Y ahora, un mensaje personal, con destino a unos jóvenes que están encerrados en un hotel de la calzada Zaragoza:

Se encuentran ustedes en peligro, más les vale soltar lo que tienen allí y no les pertenece. No se vale guardar cosas contra su voluntad. En caso contrario se avecinan graves problemas...

Pasando a otro tema me es muy grato informarles que mañana soplará viento del este, lo cual es válido para Xochimilco, el lago de Chapultepec y el Nuevo Lago. No habrá marejadas.

Y entró de lleno una melodía ritual africana.

La calle de Camposanto estaba ocupada por un grupo de borrachos que jugaban al futbol. Noche de sábado, descubrió Héctor. El automóvil del ingeniero se cruzó con el suyo cuando se disponía a estacionarse. La situación lo tomó por sorpresa.

Cuando logró darle la vuelta en U al coche, Camposanto le llevaba una cuadra de ventaja. Mantuvo la ligera diferencia durante una tanda de danzones, dos *blues* y una ración de canciones de montañas suizas, tocadas a petición de los trabajadores de una fábrica de relojes que laboraban tercer turno y que se estaban muriendo de sueño. En el interín *el Cuervo* informó de la necesidad de colaborar en la destrucción de una plaga de ratas en una vecindad de la Guerrero, transmitió quejas contra la casa del estudiante de Chiapas en cuyas fiestas el ruido desbordaba el vecindario, pidió alguien que supiera inyectar para una ancianita diabética, leyó fragmentos del libro de Philip Agee sobre la CIA, advirtió de las adulteraciones que se hacían en la fábrica de caramelos La Imperial y al fin pasó el mensaje esperado:

Y ahora una sección de avisos personales: Germán: dice Lauro que la reunión de mañana del Colegio de Ciencias se pospuso.

Amigo detective: avisó la mujer en cuestión que Elena había llegado a su casa sana y salva; que te esperaban.

Maruja: que si ya no vas a volver a la casa que al menos te tomes la molestia de llevarte tu mugrero, Julio Bañuelos.

Cambio timbres de países africanos por sellos triangulares de cualquier nación. Alvarado, apartado postal dos mil trescientos cincuenta y cuatro, Delegación de Correos número veinte..."

Cuando Camposanto salió del Viaducto para entrar en la calzada Zaragoza, Héctor masticaba el filtro del último cigarrillo. ¿A dónde iba el cabrón éste? Cuando al fin el coche se detuvo en un hotel de mala muerte llamado Géminis 4, Héctor esperó a que el hombre desapareciera en el interior del edificio y recorrió paseando los estacionamientos cercanos buscando la camioneta Rambler. Encontró una taquería abierta donde se vendían cigarrillos y mantuvo una guardia estéril en el interior del coche hasta las seis de la mañana.

Empezaba a sentirse muy encabronado con aquel ingeniero que no dormía.

Lo siguió camino a la fábrica en medio del tráfico cerrado de la mañana.

La ciudad escupía a sus huestes a las avenidas. La ciudad no perdonaba las horas de sueño maldormidas, el frío que estaba haciendo, la falta de calor en el cuerpo; la ciudad no perdonaba los malos humores, los desayunos a la carrera, la acidez, la halitosis, el hastío.

La ciudad lanzaba a sus hombres a la guerra cada mañana. A unos con el poder en la mano, a otros simplemente con la bendición rastrera de la vida cotidiana.

La ciudad era una reverenda porquería.

Cuando comprobó que Camposanto se dirigía a la fábrica, se detuvo en una oficina de correos y escribió apoyándose en un mostrador la carta que desde el día anterior traía en la cabeza.

Te espero. Empeñado en una triple cacería donde se entrecruzan un subgerente maricón vuelto cadáver, una adolescente que tiene un brazo roto y un cadáver enterrado por las estatuas ecuestres que amenaza salirse de la tumba.

YO

La puso en el correo llena de timbres contra la tuberculosis y de estampillas de entrega inmediata. Incluyó en el último momento en el sobre una foto que le había tomado el tapicero con una instamátic de la portera en la que se veían en primer plano sus pies descansando en el sillón, y tras ellos la estampa del caos de oficina, coronada por el perchero de donde pendía la funda sobaquera del revólver con la .38 adentro y la gabardina fláccida colgando de otro brazo. "Toda una obra de arte", escribió en la parte trasera.

Llevó el coche al interior del estacionamiento de la empresa Delex y lo dejó frente al carro que había estado siguiendo toda la noche. En la confusa cabeza de un dormido detective así se establecía más claramente el reto.

Hizo antesala diez minutos ante la oficina del gerente contemplando las nalgas de una secretaria (la que el otro día había mostrado piernas abundantemente en un intento por obtener fólders de un archivero alto) con fría y desapasionada, casi científica actitud. Llegó a calcular el área de nalgas en centímetros cuadrados; aceptó un café con donas y escuchó dos chistes sobre el ex presidente del país que ni siquiera en el descanso era perdonado.

El aire estaba enrarecido en la oficina de Rodríguez Cuesta, y mientras éste, después de señalarle el sillón de enfrente, firmaba unos papeles, Belascoarán percibió una extraña sensación. La de que también eran viles mortales, la de que la muerte violenta también perforaba las bardas de piedra a prueba de intrusos de la burguesía. La de que después de todo, su impunidad tenía límites, y no solamente históricos.

—Tiene usted la palabra —dijo el hombre fuerte de la Delex levantando la vista.

—Tengo interés en saber qué es lo que quiere usted que yo descubra. Desde el otro día sentí tentación de preguntárselo.

—No pensará que lo suplante en su trabajo, señor Belascoarán —respondió un sonriente Rodríguez Cuesta.

—Digámoslo de otra manera: ¿Qué es lo que le provoca miedo a su empresa además de los conflictos que estan teniendo con el sindicato?

—No entiendo su pregunta. O quizá no quiera darle una respuesta… Estoy seguro de que no le interesan las generalidades sobre nuestra apreciación de la situación económica del país.

—En lo más mínimo —respondió Héctor levantándose.

—Le suplico que mantenga en un estricto plano profesional sus relaciones con nuestros adversarios del sindicato.

—Me gustaría recibir el anticipo del que el otro día hablamos —respondió Héctor haciendo caso omiso de la indicación del gerente.

—Pase usted a ver al señor Guzmán Bravo.

Con un cheque por quince mil pesos en el bolsillo que el curso de la mañana había de convertir en efectivo, Héctor dejó la Delex, sintiendo que tras de sí dejaba un montón de preguntas sin respuesta. El vaho de la ciudad lo recibió cariñosamente, ignorando los ojos enrojecidos por el sueño que generaban sorprendentes tics nerviosos, de una variedad e intensidad antes desconocida.

VII

—¿Crees en el amor a primera vista?
—preguntó la muchacha.
—Creo en la confusión —dijo Paul
Newman.

DESDE LA TERRAZA

—HOLA —dijo Belascoarán desde el quicio de la puerta.

La muchacha acostada en la cama de colcha azul, en el cuarto aún infantil, le sonrió.

—¿Cómo hizo para asustarlos?

Héctor alzó los hombros.

—Se espantaron bastante, y me preguntaban quién es, quién es el hijo de la chingada que disparó el otro día contra la camioneta y que me pateó... Y como yo les decía que mi ángel guardián, más se encabronaban.

—¿Te hicieron daño?

—Dos o tres golpes cuando me llevaron. Y luego, puro terror sicológico... "Te vamos a violar, te vamos a encerrar con un perro rabioso, te vamos a quemar las plantas de los pies..." Puras pendejadas de ésas.

La muchacha resultaba sobremanera frágil, con el brazo enyesado sobresaliendo de la colcha, el pelo cayendo sobre la cara, la sonrisa de Margarita Gautier. La luz suave de la mañana filtrada por las cortinas azules que daba en los pies de la cama. El decorado entero trabajaba en favor de la imagen de una adolescente desvalida.

—Siéntate —dijo la muchacha.

144

Héctor se dejó caer en la alfombra, se estiró, quedó tendido en el suelo, buscó un cigarrillo y lo encendió; la muchacha sentándose en la cama le pasó un cenicero.

—¿Te pasa algo?

—Sólo sueño.

—¿De veras ibas a dinamitar el hotel?

Héctor asintió.

—Tienen miedo, no son profesionales —dijo la muchacha.

—¿Cómo son los profesionales?

—No sé, eficaces. Más duros. Éstos no se creían lo que decían...

Fumó en silencio, contemplando las columnas de humo que subían hacia el techo a contraluz. Podría pasarse horas así. Horas enteras mirando el humo y descansando, dejando que la suave mañana le entrara por las venas. ¿Un cafecito caliente? Un refresco.

—¿Me vas a contar lo que está pasando? —preguntó de repente.

—No, todavía no.

—¿Te animas a irte de vacaciones a un lugar donde no puedan encontrarte?

La muchacha asintió.

—Vámonos entonces.

La muchacha saltó de la cama.

—¿Voy así, o me visto?

—Tú decides.

—Cierra los ojos.

Héctor cerró los ojos. Estaba gozando el espesor de la alfombra y el sueño comenzó a invadirlo lentamente. Escuchó el trajinar de cajones, el sonido de la piel al rozar con la ropa.

—Lista, ¿no irá mamá a protestar?

—Que diga misa —respondió el detective levantándose torpemente del suelo.

El compás de espera abierto por los que buscaban la-cosa que-valía-cincuenta-mil-pesos, más la seguridad que le había dado dejar a Elena embarcada con su hermana, le permitieron a Héctor sumirse en la búsqueda de Emiliano Zapata.

Dedicó un primer día a la localización de zonas donde pudiera haber cuevas utilizando un mapa de estructuras geológicas del estado de Morelos. Descartó primero las zonas de influencia netamente zapatista. Si estaba en esas regiones las comunidades lo hubieran sabido y no habrían tenido que recurrir a sus servicios. Si existía esa cueva, tenía que estar totalmente aislada del área zapatista. El problema se simplificó. Ahora bien, a pesar de que ciertas formaciones permitían la existencia de zonas rocosas, en casi cualquier lado de la geografía podía hallarse una cueva a excepción de los grandes llanos. Por ahí no iba a sacar nada, decidió tras haberle regalado cuatro horas de su tiempo a la geografía morelense. Exploró algunas ideas que se le habían ocurrido más tarde, como la perspectiva de que el Emiliano Zapata que había seguido la aventura de su vida en las filas sandinistas hubiera luego proseguido la lucha y participado en el levantamiento salvadoreño del año 32, incluso que se hubiera sumado a las Brigadas Internacionales en España. Consultó listas extraoficiales, revisó libros y fotos. En el grupo de mexicanos que había combatido en España no había ningún hombre de cincuenta y siete años con características físicas que pudieran hacer pensar en su presencia.

Se sentía como miembro de una secta esotérica dedicada a la preservación de los fantasmas. Quizá ése era el problema de fondo: que le gustaba aproximarse al pasado, persiguiendo un mito más como historiador o periodista que como detective. Decidió dejar de lado prejuicios y buscar a un tal Zapata, de nombre don Emiliano, como si nunca se hubieran vertido toneladas de papel sobre su nombre, como si nunca hubieran sido bautizadas avenidas ni levantado monumentos. Zapata, ese tal Zapata, era un personaje de noventa y siete años, desaparecido en 1916 al que había que encontrar sesenta años más tarde.

¿Cómo viajaba la gente que venía de Centroamérica en los años treinta?

En barco. Por Veracruz o Acapulco. En el caso de Zapata que quería conservar el incógnito hubiera preferido probablemente Veracruz, más lejos de sus zonas de origen. Probó a gestionar las listas de movimiento portuario en Veracruz en los años 34 y 35. En la Secretaría de Marina se rieron de él.

Quedaba la alternativa, si iba a ceñirse a las historias del hombre que lo había contratado, de buscar los nexos posibles con el jaramillismo.

Releyó la excelente autobiografía del caudillo agrarista asesinado. Nada se dejaba ver. No había indicaciones de una relación como ésa, que sin duda debería haber dejado marcado al heredero de Zapata. Si había existido, debería quedar en la parte que no consignaba la biografía. O en una de las etapas más secas, como la época en que Jaramillo trabajaba como administrador del mercado de la colonia Santa Julia, o en la época del segundo alzamiento que se prolongaba hasta el asesinato. Un par de ideas le cruzaron por la cabeza. Anotó en un pequeño papel que guardó en el bolsillo, y como quien cambia de saco, cruzó la frontera que lo llevaba a otra historia.

Quería hacerle a Marisa Ferrer una pregunta: ¿De dónde sacaba la heroína?, pero los titulares del periódico de la tarde con que tropezó lo hicieron cambiar nuevamente de historia, cruzar nuevamente otra frontera: AGITADORES SINDICALES ACUSADOS DEL ASESINATO DE SUBGERENTE. La guerra había estallado en la Delex.

El comandante Paniagua a cargo del sexto grupo de agentes de la policía judicial del Estado de México, realizó la detención en las horas de salida del primer turno de los presuntos asesinos: Gustavo Fuentes, Leonardo Ibáñez y Jesús Contreras. A pesar de los intentos que amigos de estos últimos hicieron para impedir la detención, el grupo de policías pudo sacarlos y conducirlos hasta la delegación donde fueron puestos a disposición del agente del ministerio público…

Y seguía comentando las características del asesinato.

Regresó a la oficina y buscó las listas de nombres de posibles sospechosos que alguna vez la compañía le había proporcionado. Era tan burdo todo que dos de los inculpados según los propios datos de la compañía no estaban incluidos en las listas, o sea que, o no estaban en la empresa ese día o no eran del turno en el que se había cometido el crimen.

Tomó el teléfono y pidió hablar con el gerente.

—Es evidente, señor Belascoarán que se trata de una tontería… Pero el comandante Paniagua insistió… Usted puede comprender… Tengo interés en que siga con su investigación… Lamento decirle que Paniagua le creará dificultades si se cruza en su camino… Ah, una última cosa. A partir de este momento, los reportes me los entrega en propia mano, sin copias en su oficina ni en ningún lado. Quiero disponer personalmente de la información y de mutuo acuerdo nos haremos cargo de las medidas que sea necesario tomar —dijo Rodríguez Cuesta.

¿Qué había querido decir con eso de que Paniagua le crearía problemas?

Por más que se moviera no podría detener los engranajes. Un dolor de cabeza espeso y violento le hizo cerrar los ojos. Decidió irse a dormir. Las cosas se aclararían sobre el camino, y ésta iba a ser una larga noche si todo caminaba de acuerdo a los planes confusamente esbozados en su cabeza.

Salía de la oficina cuando sonó el teléfono.

—Se me escapó, me di la vuelta para pagar en la caja y zas...

—Déjalo, hermana. No es culpa tuya.

Optó por el Metro dejando el coche en la entrada de la oficina.

El dolor de cabeza le hacía caminar lentamente, y lo persiguió con tenacidad hasta que puso la llave en la cerradura de la puerta. Caminó hasta el baño y abrió las dos llaves. Hundió la cabeza en el agua que corría. Dejó la chamarra en el suelo, se fue quitando la camisa y sacudiendo el pelo rumbo a la cama, y se sintió encabronado cuando la descubrió ocupada.

—Me sospeché después de verte esta mañana que terminarías durmiendo antes de la noche —dijo la muchacha con el brazo enyesado, oculta bajo la suave penumbra y las sábanas.

El cuarto seguía tan desarreglado como en todos los últimos días: ropa por el suelo, libros tirados, periódicos viejos desplegados por todos lados, platos sucios, vasos semivacíos en los lugares más insospechados. Héctor contempló la zona de desastre y se quedó pensando en que por más que recogía, todo estaba igual, y podía jurar que algo había recogido la última vez que pasó por allí. Al menos, los ceniceros estaban limpios y el cuarto no apestaba a tabaco.

—Suelo dormir en la oficina cuando ya no doy para más —explicó y se llenó de rabia por estar dando explicaciones que nadie le había pedido.

—Espero que no te moleste el atrevimiento.

—Molestar... —y dejó la respuesta inconclusa.

Encendió un cigarrillo.

—¿Crees en el amor a primera vista? —preguntó la muchacha.

Sus ropas se unían a las demás tiradas por el resto del cuarto. Luego estaba desnuda.

—Creo en la confusión —respondió citando a Paul Newman, según una vieja película que había visto en televisión hacía un par de meses.

—¿Quién es ella? —preguntó la muchacha señalando la foto tomada un año atrás donde la muchacha de la cola de caballo lo seguía por San Juan de Letrán.

—Una mujer.

—Se ve… ¿Una mujer nada más?

—Una mujer de la que estoy enamorado, o algo así —declaró sintiéndose derrotado.

"Posibilidad uno: Me acuesto con ella y al carajo. Que crezca el dolor de cabeza en justo castigo."

"Posibilidad dos: No me acuesto con ella sino que me dedico a interrogarla hasta enterarme de qué demonios huye y qué esconde que vale cincuenta mil pesos."

"Posibilidad tres: Extiendo una manta y me duermo en el suelo."

Optó, evidentemente por la tres. La muchacha lo miró desconsolada. Lentamente salió de la cama. Tenía unas bellas piernas y unos pechos pequeños y puntiagudos. El brazo enyesado le daba un aspecto de muchacho que el vello púbico al aire desvanecía inmediatamente. El pelo le caía a un lado de la cara.

—¿No te gusto?

—Todo es muy complicado… Si me haces un hueco en la cama y me dejas dormir, cuando me despierte trato de explicarlo.

La muchacha obediente se hizo a un lado.

Y porque cuesta mucho trabajo abandonar una cama llena de mujer. Y porque no habían pasado en balde aquellos meses de soledad y abstinencia, y un poco porque el sueño lo fue empujando hacia unos brazos abiertos que esperaban… Un mucho porque la muchacha le resultaba simpática y vital. Un poco por todo eso y por cosas que nunca sabría explicarse, el caso es que se descubrió a sí mismo seis horas más tarde haciéndole el amor mientras trataba de no tropezar con el brazo enyesado.

—Pensé que los ángeles guardianes eran asexuados.

—Yo pensé que las adolescentes de colegio de monjas guardaban la virginidad en una cajita…

—Pero en el Monte de Piedad, ése es el secreto. Te desconcertaría saber que en la clase de sor María, la única virgen debe de ser ella, y eso porque es lesbiana.

El dolor de cabeza había desaparecido y quedaba sólo una suave resaca.

El cuarto se había quedado totalmente oscuro. Héctor trató de descifrar la hora calculando sus movimientos pasados, pero se dio cuenta de que en la memoria noches y días se empastaban, las horas de sueño aparecían a lo largo de la última semana como accidentes, interrupciones momentáneas de una carrera sin fin.

Se vistió de cara a la muchacha, para dejar claro que no se avergonzaba de nada. Fue encontrando la ropa alrededor de la cama, donde había ido quedando al ser arrojada del campo de batalla.

—¿Podrás salir de aquí y llegar hasta la casa de mi hermana?

—¿No puedo quedarme aquí?

—Si dejaste tu casa era para ganar seguridad, aquí no ganas nada.

—De acuerdo, préstame para el camión y en diez minutos me voy.

Lentamente descendió de la cama, se fue vistiendo con torpeza, moviendo con dificultad el brazo enyesado. Al fin, le pidió a Héctor que le abrochara la chamarra de mezclilla con la manga abierta que remataba el atuendo.

Héctor le acarició una mejilla, la muchacha besó la mano.

—Estoy dispuesta a contarte una historia…

—Mañana en la mañana desayunamos juntos en la casa de Elisa. Allí.

—Te espero.

Las dos palabras quedaron flotando en el aire. Héctor esperó a que la muchacha llegara a la calle y la siguió con la vista desde la ventana.

Cuando la vio enfilar hacia Insurgentes salió caminando. Tenía una cita con alguien que no lo estaba esperando.

Dígame Camposanto, ¿de qué tiene miedo Rodríguez Cuesta?

Tenía la sensación de haberse metido en una casa de muñecas por equivocación, en un sueño equivocado, y ya no poder abandonarlo. Todas las cosas tenían un lugar inmersas en una meticulosidad maniática. Todas las cosas tenían un aire infantil. Era la casa que hubiera puesto una niña ordenada si hubiera tenido la posibilidad y el dinero para hacerlo. Un gato siamés rondaba por la sala.

Camposanto, en bata gris y con una copa de coñac en la mano, comenzó a sentirse incómodo. Hasta ese momento la conversación había transcurrido entre fórmulas de cortesía más o menos generales. Como el tren de Chapultepec dando la vuelta alrededor del zoológico.

—¿Por qué me eligió a mí? Podía haber hablado con Haro, o con el contador.

—Porque usted es homosexual, al igual que Álvarez Cerruli, al igual que el ingeniero Osorio Barba, muerto dos meses antes en otra empresa en la zona de Santa Clara… No hay ánimo de ofender en mis palabras, ingeniero… ¿O me equivoco?

—Es cierto —dijo. Se había mordido el labio al escuchar en seco la palabra homosexual.

—Y es por eso que pienso que hay alguna conexión entre este hecho y los asesinatos… Pero no es eso lo que quiero preguntarle todavía. Antes quiero saber de qué tiene miedo el gerente.

—¿Eso cree usted, que tiene miedo?

—Quiero una respuesta, no un intercambio de preguntas.

—Probablemente tenga miedo del escándalo.

—No, no es eso. No me necesita a mí. La policía le resolvía el caso sin intermediarios. Me quiere para algo que la policía no iba a hacer, para descubrir un culpable que él conoce y al que le tiene miedo.

Los ojos de Camposanto revelaron la sorpresa. Había dado en el clavo.

—Le agradezco lo que ha hecho por mí —dijo Héctor poniéndose en pie.

Volvía al lugar de las preguntas y las respuestas, al lugar donde todo había empezado enfrentado a los tres legajos de papel, y donde al menos una historia comenzaba a producir claridad.

Volvía a enfrentarse a las tres fotografías que habían iniciado el compromiso, que habían dado origen a la búsqueda. Héctor estaba allí desde hacía media hora, cuando había llegado con una caja de refrescos a las espaldas que rápidamente ocultó en la "caja fuerte" y se sumió de cabeza en la libreta de apuntes. Releyó sus notas:

> El gerente de una planta, con intereses en muchas más y gran poder económico (precisar cuánto y dónde), contrata un detective para descubrir el asesinato de un ingeniero homosexual (segundo de una serie).
> En público lo que le interesa es culpar al sindicato.
> Pero quiere tener pruebas contra el verdadero culpable.
> Culpable al que le tiene miedo y conoce (suposiciones jaladas de la intuición).
> ¿Para qué quería las pruebas? ¿Curiosidad simplemente?… No. La curiosidad no vale el salario de un detective y el compartir la información con él.

Quería las pruebas para presionar en algún sentido al culpable. Esto refuerza la idea de que lo conoce.

¿A quién y por qué teme Rodríguez Cuesta?

Una respuesta conducía a la otra… Ése es el asesino.

Ahora bien, ¿por qué asesinar a dos ingenieros homosexuales? ¿O el primer crimen estaba desconectado del segundo?

¿Qué podía obligar a X a matar a un ingeniero homosexual?

¿Sería X también homosexual? ¿Estaría en los mismos líos?

¿Sería Álvarez Cerruli el enlace que había llevado a X hasta Rodríguez Cuesta o a la inversa? Era un camino que podría ser recorrido en ambos sentidos.

Ahora bien, ¿qué nexos unían a X con R.C.?

Complicidad, chantaje.

Ahora, había que encontrar a X.

Caray, qué peliculesco. Decidió ponerle WW al asesino en lugar de X; eso aumentaba el exotismo.

Sin embargo, había una sabrosa coherencia en todo el montaje.

—¿Un café, vecino? —preguntó el ingeniero que estaba clavado en sus papeles llenos de extraños y cabalísticos signos a ojo de Héctor.

—Paso, prefiero un refresco…

—Le traje lo que habíamos quedado… Ahí, en la "caja fuerte".

Héctor contempló los tres cartuchos de dinamita. Llevaban mechas cortas, de un trenzado hilo rojizo.

—Son mechas de veinte segundos, las puede encender con cigarrillo. Si los entierra o coloca rodeados de algún material aumenta la fuerza destructiva. En espacio abierto la onda explosiva es mortal o casi en un radio de ocho metros… Sería buena idea que no les tuviera mucha fe, pueden darle un susto.

Héctor asintió. Contemplaba la dinamita con enorme respeto.

—Procedamos —dijo Elisa, y comenzó a desatar el cordón que mantenía la caja de zapatos cerrada.

Se habían citado en un restaurante que en la parte trasera conservaba unos viejos reservados, mesas encuadradas en paneles de roble blanco, meseros viejos y silenciosos.

—Espérate un segundo, Elisa.

—¿Qué, no lo abro?

—Estaba pensando en que el viejo nos va meter en un lío, y no sé de dónde voy a estirar el tiempo para más… —dijo Héctor.

—No nos cuesta ningún trabajo saber qué demonios quería de nosotros —dijo Carlos.

—Sea.

Elisa terminó de desatar el cordón y abrió la caja. Había adentro un cuaderno de pastas grises atado con un par de ligas, un mapa náutico doblado en dieciséis partes y una pequeña carpeta que contenía documentos; al fondo un sobre blanco, sin datos en el exterior. Elisa depositó las cuatro cosas sobre la mesa ordenadamente, en una hilera.

—Supongo que habrá que empezar por la carta.

VIII

UN CUADERNO, UN MAPA, UNA CARPETA
CON DOCUMENTOS Y UNA CARTA

*Y pensaba también que él debía ser de
éstos, de los que trabajan al sol, no de los
que buscan el placer de la sombra.*

PÍO BAROJA

—NO, LA LIBRETA primero —dijo Carlos.

Elisa estiró las ligas y abrió la libreta.

Es la mía una historia de lucha porque así fue mi época. Yo bien hubiese querido no manchar mis manos de sangre de otros hombres.

No pudo ser así. He matado de frente en nombre del ideal, y el ideal se alejaba de mi vida.

A los trece años me hice socialista y pienso que lo sigo siendo. Al socialismo me empujó la justicia, el afán de justicia y el hambre de mi pueblo. Era yo fogonero de pequeño vapor que hacía escala en varios puertos de la costa cantábrica trabajando para empresas farmacéuticas en una época en que era más fácil organizar comercio en barco que por tren en el norte. El vaporcito no despreciaba labores de otro tipo, y más de una vez hicimos pequeño contrabando o pescamos con red. Tengo el orgullo de haber sido fundador a los catorce años cortos del Sindicato de Trabajadores del Mar, de San Sebastián, que agrupó en aquella época a más de mil portuarios, marinos, pescadores y trabajadores del muelle de la región costera en el País Vasco.

Tenía fama de terco, de cabezón, y lo era sin duda. Pero también tenía fama de ser gente de una sola palabra.

Eso me causó muchos disgustos y muchas veces me tuve que quedar en tierra sin trabajo. Situación grave porque tenía que llevar las manos vacías a una humilde casa donde mi padre con su salario de hambre como trabajador del muncipio no podía cubrir deudas ni mejorar la triste situación del hogar.

Pasamos hambre.

Nunca he contado esto, porque se ha quedado muy atrás. Como nunca les he contado en detalles las historias que hacen mi vida, porque pienso que cada uno de ustedes tiene la suya propia, y que los recuerdos de un viejo estorban más que ayudan a formar el carácter.

En octubre de 1934, a bordo de un velero carcomido, me encontraba en el puerto de Avilés cumpliendo órdenes del Partido Socialista y transportando armas para la insurrección que ahí se preparaba contra el intento fascista de copar el poder gubernamental. La revolución me tomó en ese bello puerto asturiano y le di la cara por primera vez en mi vida. A resultas de mi pequeña y humilde participación en aquellos hechos que acabaron con nuestra derrota, me vi obligado a permanecer más de un año trabajando en el sur de España como marinero en buques que viajaban a Marruecos bajo un nombre supuesto y desconectado de mi familia que me hacía en Francia. Reanudadas las relaciones con el Partido, me mantuve en contacto y colaboré en tareas editoriales escribiendo y distribuyendo *El Marino del Sur*, reorganizando los cuadros de los sindicatos portuarios y transportando compañeros huidos hacia África. En estos menesteres llegué a conocer como la palma de mi mano, o mejor aún si se puede, la costa marroquí, la tunecina y la agreste costa del Sahara Español, Guinea y Sidi Ifni. Hice grandes amigos, y descubrí que el mundo de los blancos no lo es todo. Para un vasco de veinticinco años esto es algo grande. Pero juro que hubiera querido ser vasco-africano, porque a lo vasco no renuncié nunca ni nunca renunciaré, al contrario, es motivo de orgullo. En el puerto de Túnez conocí a mi primera mujer, y en aquella dura época me hice hombre.

Amé el mar como pocos, pero amé mucho más la causa que había elegido.

La amnistía me permitió volver a San Sebastián y participar en la reorganización de nuestros sindicatos. El alzamiento fascista me tomó desprevenido cuando descansaba en un pueblo de montaña junto con mi padre enfermo, que allí habría de morir un par de días más tarde, y al que no pude ver porque inmediatamente me incorporé pidiendo un lugar en la primera fila. Hice la guerra como capitán de milicianos socialistas y anarcosindicalistas que lucharon bravamente. Cuando cayó el frente del Norte me hice cargo del traslado de muchos compañeros en barcazas que burlando el bloqueo llegaron hasta Francia. Regresé cruzando la frontera y se me asignó la colaboración en el abastecimiento de víveres y pertrechos a las fuerzas leales por mar.

Burlando a los barcos fascistas y a los intrusos alemanes e italianos mantuvimos la costa de la España Leal siempre atendida.

Es mi orgullo decir que en aquellos dos años no tuve un día de descanso ni lo quise. Muchos no fueron así. Pero no es la hora de las quejas. Muchos al igual que yo cumplieron. Muchos más están muertos y su sangre nos mancha a todos y nos hace tener deuda con ellos.

La guerra terminó con nuestra derrota y salí de Valencia en un pesquero, el *María Engracia* al que le habíamos adaptado dos motores ingleses capaces de poner a caminar un acorazado. Mis fortuitos compañeros de salvación y yo nos juramentamos a mitad del Mediterráneo, frente a las costas africanas, a no perdonar, a no olvidar, a seguir luchando. Éramos diecisiete.

Con la guerra perdida, nuestros compañeros en África fueron internados en campos de concentración por los franceses que no querían problemas, y que por no quererlos tuvieron más de la cuenta.

Usando viejas amistades cambiamos la matrícula del barco por una de Costa Rica y operamos con papeles falsos que nos proporcionó una red que el Partido Comunista había montado desde Casablanca en la que trabajaban dos compañeros judíos alemanes muy queridos de nosotros y que sabían más que María Castaña en el arte de la falsificación.

Los meses que mediaron desde el fin de la guerra hasta el estallido de la segunda guerra mundial los empleamos mejorando nuestro barco, contrabandeando cigarrillos con los puertos franceses para poder comer, haciendo labor de cabotaje que nos llevó hasta Albania, y pertrechándonos de armas. Dos compañeros nos abandonaron en aquellos días porque intentaron reencontrar a sus familias.

De la época en que combatí en Valencia había dejado un cariño muy grande en la mujer que hoy es vuestra madre. La conocí cantando en una velada recreativa y cultural de las Brigadas Internacionales y pasamos varios días juntos de amor en medio del huracán de la guerra. Juré que cuando fuera libre otra vez la iría a buscar a su tierra. Ella, como sabréis, era irlandesa, de una familia de buenas costumbres, encabezada por un maestro de letras antiguas que se sentía orgulloso de que la hija menor hubiera ido a cantar para los hombres de España.

Durante toda la guerra cada vez que pude le escribí avivando nuestro amor.

Fuimos piratas. Atacamos cargueros italianos en puerto y en alta mar, incluso llegamos a destruir un guardacostas alemán cerca de Trípoli.

No teníamos bandera, cambiábamos de nombre y de apariencia, éramos lobos solitarios. En estos combates murieron Mariano Helguera y Vicente Díaz Robles, dos compañeros anarcosindicalistas de Cádiz muy queridos de nosotros, y resultó herido de gravedad, tanto que tuvimos que desembarcarlo y nunca más volvimos a saber de él, Valeriano Corral, catalán y hombre sin partido, pero más bueno que el pan y más entregado a la lucha que cualquiera.

Los ingleses utilizaron nuestra experiencia, y nosotros nos dejamos usar por ellos porque nuestra causa no admitía pequeñeces. Contrabandeamos armas para los *partisanos* yugoslavos, y transportamos comandos canadienses en misiones que se realizaron primero en el norte de África y más tarde en la costa francesa.

En nuestro pequeño barco que más tarde se convirtió en uno de los dos de nuestra flota pirata, y que en la intimidad habíamos bautizado como *El Loco*, así como el segundo fue llamado *Aurora Social* aunque se llamaba oficialmente *El Pez Barbudo* en signos árabes con matrícula de Liberia. En nuestro pequeño barco, digo, vivíamos en absoluta democracia y libertad, y si bien yo fungí como capitán lo era por libre decisión de los compañeros. Así fueron decididas algunas acciones contra puertos españoles en manos del franquismo, y llegamos a asaltar una comandancia de carabineros en las islas Baleares y a dinamitar dos pequeñas naves de guerra de la marina facciosa en el puerto de Alicante.

A pesar de la diversidad de nuestros actos y nuestras relaciones con los grupos antifascistas que operaban en la costa norte de África, nos sentimos muy atraídos por las acciones que venía realizando la Resistencia francesa, el *maquís*, donde colaboraban muchos compatriotas nuestros. Trabajamos estrechamente en particular con el grupo de un griego que actuaba desde Marsella y que se llamaba Tsarakis, aunque su nombre de guerra era Christian. Participamos en un ataque a la comandancia naval alemana de Marsella que culminó exitosamente, y en varias acciones de transporte de armas para los resistentes. En el camino se quedaron otros tres compañeros cuyos nombres quiero poner aquí para guardar su memoria: Valentín Suárez, mecánico de Burgos, socialista; Leoncio Pradera Villa, leonés del Partido Comunista, simpático a carta cabal y amigo fiel, y el andaluz Beltrán que era sindicalista y tuerto.

En el 44, sorprendimos una cañonera italiana cerca de la costa de Albania. Intentaron abordarnos pensando que transportábamos frutas frescas con la intención de apropiarse de nuestra carga. Combatimos veinte minutos, amarrado nuestro barco al de ellos, hasta que no quedó uno solo.

Allí encontramos veintitrés kilos de monedas de oro de diferentes nacionalidades que se transportaban a Italia por órdenes precisas del mariscal D'Ambrosia. Ese pequeño tesoro fue ocultado por nosotros en la costa del norte de África. Habíamos pensado en dedicarlo tras la liberación europea a financiar la liberación española. Creíamos firmemente en que nadie podría dejar de ayudarnos a terminar con el último reducto fascista en Europa.

Yo desembarqué a principios del 45 en Francia y me sumé a un batallón casi íntegramente formado por españoles que combatía en la punta de lanza de la División Leclerc. Junto conmigo desembarcaron Simón Matías, que murió en territorio checo en un contraataque alemán, y Gervasio Cifuentes, de Mieres, un gran amigo que ha muerto en soledad hace unos pocos años en México.

Seis compañeros más permanecen a bordo de *El Loco* colaborando con la marina inglesa en las labores de limpieza de minas en los alrededores de Malta.

Al final de la guerra supimos que habían muerto, y con ellos se había hundido nuestro querido barco. Abierto en canal a mitad del Mediterráneo.

Azares del destino me trajeron a México. Ya casado con vuestra madre, trato de descansar de tantos años de sangre y guerra. La derrota y las traiciones de los aliados me descorazonaron, y terminé haciendo lo que tantos otros: anclando mi barco en costa tranquila, haciendo del exilio un tiempo de espera que nunca terminó.

Cifuentes y yo comentamos muchas veces la historia de los veintitrés kilos de monedas de oro. Él trabajaba como contador en una empresa de calzado y yo, como sabéis bien, me coloqué en una editorial de la que en el momento de escribir estas notas soy subgerente.

Ésta es la historia. Ahora, sois hombres. No quiero cederos el ejemplo. No hay mejor ejemplo que el propio, quiero legaros un puñado de anécdotas para que no podáis decir que vuestro padre era un viejo tranquilo que pasaba las tardes leyendo en una mecedora en el jardín de la casa de Coyoacán. No siempre fue viejo. Lo que sucede es que el tiempo pasa."

"¿Qué hacer frente a una historia como ésta? ¿Cómo integrarla a la vida propia y conectar el pasado con el presente?", pensó Héctor. Los documentos que hojearon poco a poco eran recortes de periódicos franceses e ingleses, entrevistas, artículos de diarios italianos y españoles que confirmaban pedazos de la historia del viejo Belascoarán, incluso dos documentos del ejército francés en que se certificaba la participación de *El Loco* en acciones de apoyo a la resistencia por las que se concedía al capitán Belascoarán y a su tripulación la Medalla de la Resistencia.

El mapa mostraba un fragmento de la costa africana enormemente ampliado y señalaba la ubicación del lugar donde enterró el oro.

—Y ahora qué, ¿es cosa de irse al norte de África a buscar un tesoro? —preguntó Elisa.

—Me voy a volver loco —dijo Héctor.

—Todo suena a una novela de aventuras, pero me cae que si papá quiere que vayamos a sacar el oro ése, yo voy —dijo Carlos.

—Abre el sobre, Elisa.

Elisa rompió el borde del sobre y sacó una carta muy breve.

> Queridos hijos, es mi voluntad que dado que mi amigo y compañero Cifuentes murió sin descendencia, os hagáis cargo de nuestro último deseo. Leed el cuaderno que acompaña esta carta y recuperad el oro. Descontando los gastos que os tome hacerlo, entregadlo a aquellas organizaciones sindicales españolas que se encuentren en lucha abierta contra el régimen y velen por la causa de los trabajadores.
>
> Confío en vosotros y sé que cumpliréis esta deuda que en vuestro nombre he contraído con mi vida.
>
> JMBA

—¿Tienes refrescos? —preguntó Héctor a su hermano.

—Yo quiero un café —dijo Elisa.

—El viejo tiene razón, es justo… Pero lo único que faltaba es que ahora se me meta en los sueños la costa del norte de África —dijo Héctor.

—Tómalo con calma hermano. No tenemos que salir mañana.

—Y después de todo, ¿por qué no? —preguntó Héctor sonriendo.

IX

TENÍA UN nombre, y tenía esperanzas de que el viejo no
hubiera necesitado cambiárselo en aquella época. Isaías
Valdez. Con tan poca cosa penetró en el mercado y fue
recorriendo puesto a puesto, guiado por una mano mágica
que le iba indicando: "Vea usted a don Manuel, que él estaba por esa época…" "De doña Chole dicen que está desde que se inauguró el mercado. Don Manuel conoció a
Rubén Jaramillo", él lo cuenta. Pasó de puestos de verdu-
ras a puestos de carne, habló con viejos fruteros, con el
dueño de una pollería pero no había respuestas. Poco a
poco fue dejando de lado la pregunta inicial que trataba de
rescatar del fango de la memoria el nombre de Isaías
Valdez.

—¿Amigo de Jaramillo? Uh, había bastantes, venían a
verlo desde su tierra, él los recibía a todos, les daba una
fruta, un pan, y platicaba con ellos caminando por el mercado… ¿Amigo de aquí, del mercado?… Tenía bastan-

164

tes... sesenta y cinco años... Ah, usted dice don Eulalio, don Eulalio Zaldívar... Sí, cómo no, era muy amigo de Jaramillo, pero hablaba muy poco... Deje ver si hay una foto de todos los locatarios de esa época. A ver, aquí está Jaramillo, aquí a la derecha, casi no se lo ve, don Eulalio, siempre llevaba sombrero, y un paliacate en el cuello, como si estuviera enfermo. Tenía la voz ronca... Vendía frutas... En aquel puesto... Se fue en el 47 pero regresó. Hace como seis años se volvió a ir, ya muy viejito, no tenía familia. ¿Dirección? No, no dejó dirección...

La sombra, el fantasma, la mancha grisácea siempre en segundo plano de las fotografías. ¿Ése era Zapata? Había quedado reducido a una mancha gris mientras lo rehacían en manuales, libros de texto gratuito, placas de calle.

El cuento de hadas de don Emiliano. ¿Dónde buscar ahora?

—Vengo a que me cuentes una historia.

La muchacha lo miró. Estaban en la vieja casa de Coyoacán de la familia, en la que Elisa vivía por el momento. En un recodo del patio, gozando de la sombra, del agua de chía que había hecho la vieja sirvienta. Héctor dejó la chamarra colgando de las ramas bajas de un árbol y se arremangó la camisa. La funda sobaquera de la que salía como pájaro de mal agüero la culata de la .38 le parecía una mancha obscena en el sobaco.

Una mancha que ningún desodorante quitaba. Terminó colgando la pistola con todo y funda de otra rama.

—No voy a poder decirte nada... Por ahora —dijo la muchacha caminando hasta ponerse al otro lado del árbol.

Héctor la contempló a través de las ramas más bajas. Ella se tomó con el brazo sano del tronco.

—Nunca trataste de suicidarte, ¿verdad?

—Nunca.

Héctor tomó la funda del arma y descolgó la chamarra. Hubiera preferido el sol, el patio lleno de reflejos blancos deslumbrantes, una limonada helada, un puro de Oluta, Veracruz; una novela de Salgari. Hubiera sido una buena tarde. Hubiera preferido...

—Lo escucho —dijo el gerente en la suave oscuridad del cuarto sólo violada por la luz que caía brillante en finas rayas desbordando la persiana. Un ambiente prefabricado, hecho para destruir los ruidos de la fábrica que entraban por los resquicios del cuarto.

La fábrica estaba tensa, nuevamente los grupos de esquiroles hacían guardia ante la puerta principal, y los policías industriales escopeta en mano cuidaban la entrada. Al pasar cerca de las galerías había podido ver un paro. Se había detenido. Los trabajadores inmóviles frente a sus máquinas, como guardando minutos de silencio ante el compañero caído. Los capataces corrían de uno a otro, amenazando, intimidando, levantando reportes. El paro sólo había detenido un departamento, los departamentos vecinos continuaban laborando. A los cinco minutos exactos se reinició el trabajo. Las labores se interrumpieron entonces entre los trabajadores que recorrían la planta con montacargas.

Había escuchado una extraña discusión entre un ingeniero y un montacarguista: "Ponga esa madre en marcha, pendejo." "Póngala usted." "A usted le pagan por ponerla, ¿qué está haciendo?" "A poco no se ha dado cuenta, pendejo, que estoy en paro."

La oficina era un remanso aparente, como si formara parte de otro decorado teatral, de otra historia, de otra secuencia de la misma telenovela.

—Vengo a hacerle unas preguntas —respondió tras el silencio.

—Usted dirá —dijo el gerente y sacó del bolsillo del chaleco una cajetilla de Philip Morris.

¿Dónde había visto más? En el mueble al lado de la cama del gordito...

—¿A qué le tiene miedo? ¿Qué teme usted del hombre que busco? ¿Qué le impide decirme su nombre? ¿Quién es?

El gerente lo miró un instante, ocultando los ojos tras el humo del cigarrillo.

—Le pago para que usted dé respuestas.

—¿Quiere las respuestas a esas preguntas?

—Quiero el nombre del asesino, y las pruebas que demuestren su afirmación.

Héctor se puso en pie.

—Usted no me gusta —dijo el gerente.

—Usted tampoco me gusta a mí —respondió Héctor y tiró su Delicado con filtro a medio fumar sobre la alfombra. Salió sin mirar hacia atrás.

—Siéntese, mi buen... —dijo Gilberto haciendo a un lado el sillón giratorio. Carlos el tapicero limpió la silla con una franela.

—¿No gusta un refresco?

—Quihubo, me tocó la lotería y no me he enterado...

—¿Lotería?

—Viene el refresco.

—No, nomás que le hablaron para dejar unos recados y como se esta...

—Ya dile —dijo Carlos ofreciéndole al detective medio jarrito de tamarindo.

—Dicen que lo van a matar.

—¿Quién dice?

—Por teléfono.

—¿Cuántas veces?

—Dos.

—Ah, bueno, si nomás son dos —dijo el detective y tragó un largo buche de refresco.

—Hay otro recado… —tomó el periódico en que había anotado y leyó—: "Que si no había pensado que un comandante de policía también podía ser puto."

—¿Qué?

—"Que si no había pensado que un comandante de policía también podía ser puto."

—¿Quién dice?

—Quién sabe, nomás preguntaron por usted y cuando le informamos aquí su secretario y yo que ya había salido, cual acostumbra, que andaba de güevón…

—Cual acostumbra también —intervino el tapicero.

—… pues me dijo que le pasara el recado ése de "que si no había pensado…"

Héctor buscó con la vista hasta encontrar en la cabecera del sillón el periódico que había estado leyendo hace dos días:

> …el comandante Paniagua de la Policía Judicial del Estado de México, quien está a cargo de las averiguaciones…

El nexo Álvarez Cerruli y el gerente, el nexo del miedo podía ser un comandante de la Policía Judicial… ¿Ése?

En la Alameda, frente a Bellas Artes un hombre tragaba gasolina y escupía fuego. La ciudad estaba llena de mujeres indígenas vendiendo nueces. Los periódicos anunciaban la caída del gobernador de Oaxaca.

Belascoarán terminó el café con leche y salió de la cafetería. El hombre al que estaba siguiendo había dejado cuidadosamente la propina y se había levantado un par de segundos antes.

Vestía un traje claro y una corbata azul brillante, era robusto, relleno sin ser gordo, pelo muy negro. La cara dominada por una nariz bulbosa y unos lentes oscuros. Belascoarán intuía el revólver en la cintura, el revólver que obligaba al hombre a llevar el saco cerrado y tener que ponerse crema Nivea en la parte superior del muslo izquierdo de vez en cuando para evitar que le molestaran las rozaduras. El revólver a la cintura, costumbre adquirida de ver *westerns* en televisión, costumbre antigua de pistolero de pueblo que ostentaba el segundo miembro a la vista de todos.

Cien pesos aquí, cien pesos por allá, vueltas y vueltas por cafés de Bucareli donde se reunían los zopilotes de la nota roja matutina, le habían dado un cuadro biográfico impreciso pero sabroso en cuanto a la definición del personaje:

Había nacido en Puebla, pero se había construido en los Altos de Jalisco. Dos juicios por asesinato pagados míseramente en la cárcel de Guadalajara de los que había salido inocente pero con las manos y el revólver manchados de sangre. Pistolero del presidente municipal en Atotonilco, comandante de la judicial en Lagos de Moreno. Había trabajado activamente en la represión de los mineros de Nueva Rosita, Coahuila, siendo segundo jefe de la Policía Judicial del Estado desde el 52. Dueño de una fábrica de hielo en Guanajuato en el 60. Reaparece en el 68 en la Policía Judicial del Estado de México donde hace carrera rápida. Tres años como comandante.

El hombre camina con un paso lentón, como de buitre que acecha pareja en el baile de pueblo. Han cruzado hace un rato por la sombra de la Latino y entran en la calle Madero. Se ha detenido un par de veces, una ante una tienda de ropa de caballeros donde contempla un chaleco, la otra ante una tienda de aparatos fotográficos, donde se ha quedado mirando atentamente unos binoculares.

Se le conoce como hombre silencioso, de mano dura. Se dice que él personalmente actuó en la ruptura de las huelgas de Naucalpan a mediados del 75, y que golpeó estudiantes del Colegio de Ciencias y Humanidades en los separos. Por lo demás, lo rodea el silencio. Los ambientes supuestamente conectados no reciben rumores.

Cuando se detuvo ante una tercera vidriera, Héctor comenzó a pensar que el hombre se había dado cuenta de que lo estaban siguiendo. Se detuvo en la librería americana y se quitó la gabardina.

Un par de extraños personajes pasaron a su lado en el relevo predeterminado, uno de ellos coronaba la cabeza con una gorrita de Sherwin Williams, el otro, barbón, traía bajo el brazo un muestrario de tela para tapizar.

—...Pues más le vale a la patronal pagar horas extras, porque si no, dejamos la persecución a medios chiles...

Escuchó el detective lo que Gilberto decía al pasar. Sonrió. Esperó un par de minutos y salió a la calle, el hombre de los lentes oscuros no se veía, la pareja compuesta por sus vecinos daba la vuelta por Isabel la Católica a la izquierda. Elisa tenía la moto detenida frente a él.

—¿Subes?

—Vamos. Conserva la distancia.

—¿No tiene coche?

—Lo dejó en una lateral de Juárez cuando entró al café.

Arrancaron.

Las horas no alcanzaban y empezó a odiar a la ciudad, el monstruo de doce millones de cabezas, por ello. Desde la ventana de la oficina se filtraba la noche. Si el signo de la primera parte de la historia había sido el sueño, ahora el laberinto dominaba la escena. Un laberinto que como tal, tenía una salida. Y esto era lo que hacía angustioso el punto muerto en que se habían instalado las tres historias: casi podía tocarla, olerla... Y sin embargo podía ser que estuviera paseando frente a ella sin saberlo.

Pegó a la foto de Zapata una hoja de papel blanco y con un plumón escribió:

1924: Tampico.
1926: Nicaragua. Con Sandino. Capitán Zenón Enríquez.
1934: Pasaporte en Costa Rica.
1944: Trabajador Mercado Dos de Abril. Hasta 1947 Eulalio Zaldívar.
Regresa del 62 al 66. Viven en el Olivar de los Padres en esos años. Isaías Valdez.

Tras pensarlo un instante, tachó la interrogación. Prefería un espacio en blanco que un signo. Colgó un segundo papel ante la foto del cadáver. Tiró del plumón nuevamente y escribió:

Álvarez Cerruli. Muerto. Homosexual.
Un gerente: Rodríguez Cuesta. Con miedo. ¿Chantaje?
Un muerto anterior: también homosexual.
Un policía.
Clasicismo: Oportunidad, motivo, mecánica, del comandante Paniagua.

A su espalda, el ingeniero noctívago levantó la voz:

—¿Qué tanto escribe, vecino?

—A ver, usted que se puede mover en el medio...

—Yo más bien me muevo como puedo...

—En el medio industrial...

—Más o menos como usted.

—¿Qué puede contrabandear un industrial que el saberlo signifique un chantaje importante?

—¿Un industrial que hace qué?

—El gerente de la Delex.

Sin conocer a fondo el mundo de Rodríguez Cuesta no podía encontrar el nexo entre lo que constituía el motivo del chantaje y el chantajista, y por lo tanto enlazar la cadena con los dos eslabones asesinados.

Rodríguez Cuesta quería el último eslabón de la cadena, el policía, porque él era el que había pasado la clave. ¿O no había sido el gerente el que había hecho la llamada poniéndolo tras la huella del comandante?

Pero no se trataba de darle un eslabón, sino de obtener la cadena completa. Había además que negociar que dejaran en paz al sindicato, y para negociar había que tener algo con qué hacerlo. Anotó bajo la lista de ideas:

La otra línea: El mundo de un gerente. ¿contrabando?
Porque ¿qué otras cosas había? Mujeres, drogas, ¿el gerente sería otro homosexual?

De repente, se quedó pensando en que no sabía un carajo sobre los homosexuales. Que formaban parte de un mundo supuestamente tenebroso, del que sólo había oído medias palabras, que ni siquiera tenía idea de cómo hacían el amor los homosexuales, y de que lo que más cerca que había estado de ese submundo era una vez en que le había guiñado un ojo un hombre de treinta años cuando iba en camión, en secundaria. Sin embargo, era un ente respetuoso en materia sexual. Mientras no molestaran a los normales, le importaba un cacahuate que cogieran como quisieran.

¿Y quiénes eran los normales? ¿Él, que había roto sus dos meses de abstinencia, recortada por dos o tres masturbaciones y un par de eyaculaciones nocturnas, haciendo el amor con una adolescente de brazo enyesado?

Indudablemente, el horizonte de Belascoarán se ampliaba. Había aprendido en estos últimos meses, que ninguna miseria humana le era ajena.

Avanzó sobre la tercera fotografía desde la que Elena le sonreía.

Colgó un tercer papel blanco bajo ella y escribió:

Tú tienes algo que vale cincuenta mil pesos.
Se lo dijiste a los amigos del gordito que te fregaron.
Alguien intentó matarte. (No los amigos del gordito. Otros.)
¿Matarte o asustarte?
Lo que tienes compromete a tu madre.
Tu madre consume heroína.
Hay un tal Burgos que me caga los huevos.

Se separó de la pared y se quedó mirando las tres fotos y los tres papeles bajo ellas como quien contempla un cuadro de Van Gogh. Los detectives de novela hubieran dicho: "¡Listo!" Y todo hubiera casado.

Pero no todo tenía que ser como parecía, más aún cuando sólo disponía de pedazos de información que apuntaban vagamente, porque si bien la madre de Elena era heroinómana, el paquete podría ser de centenarios o un archivo de microfilms de la KGB o un paquete de rarezas postales o la contraseña de una caja fuerte del Banco de México donde estaban las pruebas que comprometían a algunos banqueros en un intento de golpe de Estado en el sexenio anterior.

Y el tal Burgos podía ser muy feo y no gustarle, pero a lo mejor no pasaba de ser un pacífico productor de cine. Y el comandante Paniagua un hampón más al servicio de la ley y el orden, y así. Y después de todo ésta era la gran virtud de la vida sobre la ficción, resultaba notablemente más complicada.

Bostezó ruidosamente ante la sonrisa de su vecino.

—¿Hace sueño? Desde el otro día lo estoy viendo que anda medio jodido... Si se pasa las noches haciendo dibujitos abajo de las fotos, y los días persiguiendo asesinos, va a tronar.

—Algo hay de eso.

Caminó hasta el sillón que lo esperaba amoroso en su desvencijamiento.

Es cierto, la gran virtud de la vida era su complejidad.

—Me despierta cuando se vaya.

—Me voy a las cinco y media, en cuanto termine esta porquería —dijo el ingeniero que contemplaba unos mapas de cloacas que más bien parecían dibujos de Paul Klee. Encendió su puro fino, estrecho, y echó el humo hacia el techo.

—Antes de que llegara llamaron por teléfono diciendo que iban a matarlo.

—¿Usted qué les dijo? —preguntó Belascoarán haciéndose una almohada con el saco y poniendo la pistola entre su cuerpo y el respaldo.

—Que de lengua me echaba un plato.

—¿Y qué le dijeron?

—Que a ver si no me daban en la madre a mí también por hocicón.

—Ya ve, para qué se mete.

Héctor se quitó los zapatos. El ingeniero Villarreal caminó hasta la ventana y la abrió. El bochorno del cuarto se disipó con una corriente de aire frío. Dejó caer la ceniza hacia la calle. Héctor imaginó la mota de ceniza descendiendo los cuatro pisos.

—A veces se aburre uno de los pinches mapitas, vecino —dijo el inge sacando de la chamarra un revólver de cuando su papá mataba pumas en Chihuahua y poniéndolo bajo el restirador.

—¿Trae seguro? Luego se dispara y me van a echar a mí la culpa Gilberto y Carlos —dijo Belascoarán sonriente.

—El que trae seguro es usted...

—Algo se aprende en un año de andar en esto... A dejar de correr cuando empiezan las amenazas.

—¿Nunca ha pensado en que a lo mejor se lo truenan, Belascoarán?

—Algunas veces.

—¿Y entonces, por qué no cambia de chamba?

—Creo que porque me gusta… Me gusta —respondió el detective cerrando los ojos…

El acceso a la fábrica estaba bloqueado otra vez por patrullas del Estado de México. Los trabajadores de otras empresas se mantenían en las entradas sin acabar de decidirse entre irse hacia la bronca o entrar a tomar su lugar en la cadena.

Bajó del Volkswagen y cuando un policía trató de detenerlo mostró la credencial. En cada patrulla había un par de policías con casco y ametralladoras. La electricidad había cargado la mañana gris y polvorienta. Escuchó el relinchar de los caballos. En la puerta de la fábrica estaban las banderas rojinegras, frente a ellas cerca de quinientos trabajadores con palos y piedras, en filas irregulares. A unos veinte metros un escuadrón de la policía montada flanqueado por tres patrullas con agentes armados de ametralladoras. Los montados traían los sables desenvainados. Tras las patrullas el gerente sentado en su coche y en torno suyo pululando algunos ingenieros. Distinguió a Camposanto sentado en su coche, con la puerta abierta. Pasó de largo y se dirigió hacia Rodríguez Cuesta.

—No es momento para hablar de nuestras cosas, venga mañana —dijo el gerente cuando estaba a un par de metros.

Héctor pasó a su lado y cruzó la fila de los hombres de a caballo.

Un caballo estaba cagando, otro golpeaba los cascos en el suelo levantando una pequeña polvareda. No miró hacia las caras de los policías.

Temeroso de romper el encanto que le abría camino avanzó, pero el encanto fue roto cuando un sargento le puso el sable de plano en el pecho.

—¿Adónde va?

—Voy a pasar —respondió Héctor.

—¿Es periodista?

—Sí.

—Entonces, mejor hágase a un lado —dijo y empujó con el sable.

Héctor retrocedió. Caminó hasta la lonchería que se encontraba en tierra de nadie. Poco a poco se comenzó a levantar un rumor sordo entre la gente: FUERA POLICÍA, FUERA POLICÍA, FUERA POLICÍA; LIBERTAD DETENIDOS que fue creciendo. Un caballo relinchó.

—¿Tú eres el detective?

Héctor asintió, un muchacho de unos veinte años, con uniforme de la empresa estaba a su lado mirando.

—¿Y tú qué haces aquí? —preguntó a su vez.

—Si hay madrazos tengo que avisar al abogado de nosotros —respondió el muchacho que apretaba su puño derecho con la mano izquierda como quien exprime una naranja.

—¿Cómo le hago para pasar? —preguntó el detective.

—Se puede entrar por los baldíos de allá atrás… Pero mejor ni te metas, ésta no es bronca tuya…

—¿Quién dice?

—El comité dijo… Alguien dijo que eras cuate, pero que hasta no saber bien.

Héctor se quedó mirando.

—¿Y qué va a pasar aquí?

—Va a llegar raza de las colonias y de las escuelas del Poli. A lo mejor la policía se retira, están esperando órdenes de alguien, será del gobernador del Estado de México… Tú, mejor vete.

Pero algo lo mantenía amarrado a la puerta de la lonchería, algo le impedía salir de allí a seguir persiguiendo al asesino, o a los que atemorizaban a una muchacha de brazo enyesado, o a buscar la sombra de Emiliano.

176

—¿Y por qué es la huelga?

—Para que nos reconozcan que somos el sindicato titular los independientes y para que suelten a los detenidos…. Para que ya no entren más esquiroles a trabajar.

Un par de uniformados de a pie cruzaron las líneas de la policía montada y se acercaron a las primeras líneas de huelguistas. En torno a ellos se armó la bola. Luego se oyeron gritos, porras, la gente aplaudía. Los montados en fila ordenada comenzaron a retirarse, el coche del gerente dio un violento arrancón en reversa.

—¿Qué pasa? —preguntó Héctor.

—Se van… Por ahora no la rompieron… Van a negociar… Deja ver.

El muchacho se desprendió de la lonchería… Héctor entró a tomarse un refresco. Tenía la boca seca, como otras veces, como casi siempre en estos últimos días. La oscuridad violenta en el interior del changarro le dio paz a los ojos enrojecidos. Afuera una mañana sucia de luz sin sol. Se sentó y la señora le puso enfrente un Jarrito rojo.

—Le hablé, pero nadie contestó.

—Gracias —respondió el detective y le pasó un billete de veinte pesos.

—¿Qué pasó detective? Usted traía fusca… ¿de qué lado se iba a poner? —dijo el obrero gordito que entraba con un grupo de amigos a festejar. Pasó a su lado y se sentó en la mesa cercana.

Héctor se quedó pensando una respuesta, pero no la encontró.

Y bien, Paniagua, el comandante Federico Paniagua, para ser más exactos tenía horarios irregulares. También tenía una casa en Lechería, con una mujer cincuentona y gorda que cocinaba muy bien (esto había quedado muy claro después de un par de horas oliendo sus guisos), dos hijos ya mayores, uno de los cuales era dueño de una refaccionaria. También tenía un cuarto de hotel viejo, con puertas de madera pintadas de verde que daban a un patio con fuente. Allí se llamaba Ernesto Fuentes y era viajante de comercio.

Tenía un tercer cobijo. Un departamento en un edificio moderno en la colonia Irrigación, a la vuelta del Club Mundet. Allí nadie daba razón de su existencia. En el piso de abajo había una compañía de seguros para automóviles y en los dos departamentos arriba del suyo vivían un inglés ex canciller de su país en Guadalajara, anciano jubilado y solterón, y una pareja de recién casados que estaban de luna de miel. No había portero, tan sólo una mujer que hacía la limpieza de escaleras cada dos días y un cobrador que llegaba cada mes.

Pasaba una o dos veces por la comandancia en Tlalnepantla, y se daba cinco o seis vueltas a Toluca todas las semanas.

Cuando estaba trabajando lo acompañaban dos hombres, un chofer, siempre el mismo, y un segundo personaje que cambiaba según el carro que usaba el jefe.

Si tuviera una agencia con dieciséis empleados, pondría una guardia ante la casa de la colonia Irrigación y alguien entraría a hospedarse en el hotel de Donceles. "A falta de pan, buenos son tacos", dijo y decidió dedicar la noche a una de las dos cosas. Mientras tanto, salió del norte de la ciudad y entre brumas recorrió veinte kilómetros hasta la casa de Marisa Ferrer, sólo para enfrentar a una sirvienta silenciosa que le cerró la puerta en la cara.

X

*...Respírese hondamente y sobre todo
procúrese que no se caiga el arma de las
manos cuando se venga el suelo
velozmente hacia el rostro.*

ROQUE DALTON

LOS OJOS parecían dos rendijas, los brazos colgaban a los costados, los pies se arrastraban en un suelo de algodón en rama; la boca seca y ácida, los dientes rodeados de pelambre inexistente.

Hubiera cambiado la pistola por encontrarse ante una fuente de agua limpia donde poder meter la cara, y ahí quedar, con el agua fresca reviviendo los tejidos, escuchando a los pájaros que bajaban a beber, y las carreras de los niños que salían hacia la escuela.

A falta de fuente, una sirvienta le prestó la manguera con la que había estado limpiando el coche del patrón y Héctor dejó que el chorro de agua fría le pegara en la cara hasta entumecerla.

Sacudiéndose como perro de aguas, caminó hacia el coche dando por terminada la noche de vigilancia inútil ante la casa de la colonia Irrigación.

Esto tenía que terminar; si seguía dejando que las cosas prosiguieran lentamente evolucionando hacia ninguna parte, terminaría muerto de sueño en una esquina, con la espalda contra la pared y los ojos atascados de lagañas. Había que violentar la situación. Estaba harto de no poder jugar las once posiciones en el partido. La pelota siempre pasaba a su lado y él corría y corría los noventa minutos sin poder hacer nada. Había que hacer que las cosas estallaran, que reventaran, que se desbordaran.

¿Por dónde romper el empate a cero?

La monja lo condujo a un salón vacío en el que había un piano viejo y restos de decorados montados en madera y cartón mostrando nubes. Bancas de paleta semidestruidas llenaban dos de los ángulos del cuarto de piso de duela. Héctor encendió un cigarrillo y se dejó caer sobre una de las bancas rotas que crujió bajo su peso. Esperó con la cabeza hundida entre los brazos dejando que el cigarrillo se consumiera y sólo dándole un ocasional vistazo al humo que se desprendía suavemente y huía en una columna partida hacia el techo.

—Señor detective, aquí están las muchachas —dijo la monja jovencita que lo había dejado en el cuarto. Tras ella, se adivinaban las sombras de las tres compañeras de Elena.

—¿Podría hablar a solas con ellas un instante?

—La maestra de inglés pide que sea rápido, porque están en clase.

—No se preocupe, seré breve.

Las muchachas entraron, una mezcla de timidez y diversión ante el nuevo espectáculo las dominaba. Rieron entre ellas apoyándose en su complicidad. Héctor les señaló las bancas de paletas desvencijadas. Las muchachas se sentaron. Las tres repitieron el gesto maquinal de alisar la falda para ocultar las piernas. Héctor recordó a la muchacha en la cama, y sus bromas sobre la virginidad perdida en los colegios de monjas

—Gisela, Carolina y Bustamante... —afirmó el detective.

—Ana Bustamante —respondió una muchacha delgada y vivaracha, con el pelo negro cayendo sobre un ojo.

—Tengo que pedirles ayuda —dijo Héctor y guardó silencio un instante. Las muchachas asintieron.

—¿Cómo está Elena? —preguntó una de ellas.

—Está bien, por ahora, pero si no encuentro lo que estoy buscando va a peligrar su vida.

Miró a las muchachas una a una, a los ojos. Con tanta intensidad como le fue posible en aquella mañana en que el sueño se negaba a abandonarlo.

—¿Les dio algo a guardar Elena?

Las muchachas se miraron entre sí.

—A mí no.

—A mí tampoco.

—A mí me preguntó si podía guardarle en la caja fuerte de mi papá un paquete, pero le dije que no me sabía la combinación —respondió la muchacha apellidada Bustamante.

—¿Hace mucho que te lo pidió?

—Antes de que la vinieran a molestar en la escuela… Hace como dos semanas.

—¿No insistió más o no comentó algo sobre eso con alguna de ustedes?

—No —negó una de ellas y las otras dos confirmaron con la cabeza.

—Les agradezco la molestia —dijo el detective.

Las muchachas se pusieron de pie y una a una salieron del cuarto.

"¿Dónde entonces?", se preguntó el detective hundido en la banca de paleta con el respaldo roto.

—¡Un momento! —salió corriendo tras las tres muchachas que se detuvieron a unos diez metros del pasillo.

—¿Tiene Elena un casillero, un *locker*, algo así para guardar sus cosas aquí en la escuela?

Con el paquete bajo el asiento delantero, Héctor Belascoarán Shayne detuvo el coche ante el ministerio público de Santa Clara. Ahora no tenía prisa por abrirlo.

Sabía que un tercio de sus problemas tenían resolución y que la resolución envuelta en un paquete de cuarenta centímetros por veinticinco, en papel de estraza con un cordoncillo que terminaba en lazo lo esperaría en el coche estacionado. Recorrió pasillos preguntando, hasta terminar ante la puerta del agente del ministerio público encargado del caso.

—¿Puede decirme qué asunto lo trae por aquí? —preguntó un burócrata joven, moreno y con una corbata medio chillona en la que había una mancha de yema de huevo.

—Tengo informes importantes sobre el asesinato del ingeniero Álvarez Cerruli en la Delex.

—¿Su nombre?

—Héctor Belascoarán Shayne.

Cuando la puerta se abrió, dos hombres estaban en el interior de la oficina

Uno era un viejo conocido de estos últimos días, el comandante Paniagua, que se había quedado al fondo, apoyado en un archivador de metal, con la pistola bien visible en la cintura. El segundo hombre se presentó a sí mismo como el agente del ministerio público, licenciado Sandoval. Héctor abandonando formalismos se sentó sin esperar invitación.

—¿Dice que tiene datos que puedan aclarar la muerte del ingeniero Cerruli?, lo escuchamos —señaló hacia Paniagua—: ¿conoce usted al comandante Paniagua, a cargo del caso?

Héctor asintió. El comandante Paniagua hizo un gesto de extrañeza tras los lentes oscuros.

—Más que datos para esclarecer el caso, puedo demostrar que por donde van, no hay posibilidad de acertar

—Héctor sacó su libreta. La consultó un instante dejando el reto en el ambiente.

—Los tres detenidos que ustedes tienen no pudieron haber cometido el crimen. Si la hora del crimen ha sido fijada con precisión entre las cinco y las cinco treinta, Gustavo Fuentes no había entrado todavía a trabajar y hay varios testimonios de que Ibáñez estuvo de las cuatro a las cinco y media en la línea de montaje, sin que su suplente tomara su lugar. Por otro lado, el tercer inculpado, Contreras, no se presentó a trabajar. O sea que sería bueno que los dejaran salir antes de que se me ocurra ir a los periódicos a informar cómo están ustedes metidos suciamente en un asunto laboral.

Héctor encendió un cigarrillo y esperó.

—¿Qué interés tiene usted en todo esto? —preguntó el agente del ministerio público.

Héctor sonrió.

Unos huevos revueltos con jamón, una jarra de jugo de naranja y plátanos con crema es la idea exacta de lo que era un buen desayuno.

—Tienes una cara espantosa —dijo Elisa después de poner los platos sobre la mesa.

—Tú también.

Estaban sentados frente a frente en el viejo desayunador familiar. Elisa envuelta en una bata de toalla amarilla se frotaba los ojos.

—Tengo sueño. Me quedé quién sabe hasta qué hora hablando con tu clienta.

—¿Cómo es? —preguntó Héctor atacando los huevos con jamón.

—Es una muchacha despierta. A veces espanta, a veces da lástima. Supongo que me friega mucho el verme retratada a su edad… Todo se me hacía fácil.

—¿Te dijo algo?

—Sólo habla en clave, si me explicaras parte de la historia...

—Ahí está, no sé todavía lo que es —señaló el paquete envuelto en papel de estraza.

Elisa tomó el vaso de jugo de naranja que Héctor había servido y se lo bebió de un largo trago, sin respirar. Héctor contempló a su hermana con cariño.

—¿Qué has estado haciendo?

—Dándole vueltas a todo. Desde que regresé ando como fantasma... Tenía ganas de ponerme a estudiar.

—¿Te escribió el tipo ése?

—Alan escribe todos los meses. Una nota muy escueta, siempre igual, un cheque por cuatrocientos dólares, el mismo que todos los meses rompo en pedacitos y le mando de regreso... ¿Supiste alguna vez por qué me casé y me fui? —dijo mirándolo fijamente.

—En aquella época... —respondió Héctor.

—Yo siempre fui la hermana *sandwich*... Tú eras el hermano correcto, responsable, entregado. El hermano modelo, y Carlos el hermano brillante... Y yo quería huir de la casa, mostrar que podía vivir sola. Por eso me casé.

Héctor le tomó la mano y la apretó, Elisa le sonrió.

—Mala hora para hacer confesiones, ¿no?

—Siempre es mala hora para hacer confesiones... El pasado apesta, espanta mirar para atrás... Ahora, se acerca uno a papá, seis años después de que murió y se da uno cuenta de que nunca estuvimos cerca, de que nunca entendimos nada. De que todo estaba cubierto por cortinas de humo... Lo mismo pasaba contigo, hermanita.

—Alan era profesionista brillante. Toda la mañana trabajaba en el periódico, toda la tarde en el bar de algún hotel. ¿Sabes lo que es una ciudad de Canadá? Una casa solitaria, la televisión en colores, las tardes de nieve en la ventana. Hablaba sola, para que no se me olvidara el español.

—Antes tocabas la guitarra, ¿no?

—Hasta eso se me olvidó. Se me olvidó todo. Era un sueño, un sueño pesadilla. Nunca pude entender este país, mucho menos librarme de él. Puta madre, qué asco.

—Ya ni le muevas, hermana —dijo Héctor haciendo a un lado el plato vacío.

—¿Vas a esperar a que despierte? —preguntó Elisa.

—No, no la dejes salir, en un par de horas vuelvo,

—Si regresas a la hora de comer juro que se me quitó la jeta, y que habrá seis platos diferentes de comida china.

—Esconde ese paquete donde ella no pueda encontrarlo —dijo Héctor encendiendo un cigarrillo que le supo a gloria, ahora con el estómago lleno y la mañana por delante.

—¿Usted dice que vio al gerente salir? ¿Que se acuerda porque le pidió que le arreglara la llanta, o el gato, o algo así? El policía industrial Rubio, placa seis mil cuatrocientos cincuenta y tres asintió. Le había ofrecido asiento en la sala de paredes húmedas, con muebles cubiertos de plástico. El hombre en camiseta tomaba un café. "Hoy es mi día de descanso, ¿sabe?"

—¿Estaba solo?

—Solo. Iba solo en el coche.

—Pero cuando entró, ¿entró solo en el coche?

—Siempre entraba solo.

—Pero esa vez... Espéreme tantito. ¿A qué hora llegaba?

—El ingeniero Rodríguez siempre llega como a las diez.

—¿Solo? ¿Y esa vez?

—Deje ver... Creo que no lo vi entrar. Abrí la reja de metal, pero estaba checando el permiso de una camioneta que salía y entonces... Yo creo que entró solo. Siempre entra solo.

—¿Quién manejaba la camioneta?

—Un monito de allí, no sé como se llama, le dicen *el Chinguiñas*.

—Una pregunta más... No, más bien dos más.

—Usted dirá, aquí estamos para servirlo...

—¿Los ingenieros entran solos?

—Cada uno trae su coche... Ahí de vez en cuando vienen dos juntos, porque uno dejó su carro componiendo, o porque pasaron antes de ir a la fábrica a las oficinas o cosas así...

—¿Camposanto entró solo?

—Creo que sí.

—¿Cuando dejan el coche en el estacionamiento...?

—No, ellos no lo dejan en el estacionamiento, lo dejan más allá, en un tapanco que tienen para los coches de la dirección, cada uno con el nombre del ingeniero, o el contador arriba.

—¿Hay gente allí a esa hora?

—Pues cuando llegaban temprano sí, está la gente del patio... Ya si llegan más tarde, pues nomás a veces hay algún montacarguista.

—La última: Después de que llegaron las patrullas, ¿cuántos policías más entraron?

—Uh... Primero llegó una patrulla, luego otra. Luego llegaron dos carros de la secreta... Y luego la ambulancia.

—¿Venía el comandante Paniagua en esos carros?

—No, no lo vi llegar en las patrullas. Lo vi salir. Chance entró por atrás.

—¿Por atrás? ¿Por dónde por atrás?

—La fábrica tiene una entrada en la parte de atrás, por los baldíos tiene allá una puerta clausurada que antes se usaba para que salieran los camiones. Ahora tiene allí una guardia la huelga.

—Pero esa entrada estaba clausurada. ¿Cómo iba a entrar por allí?

—Deje ver, ya ni me acuerdo si lo vi adentro a ese comandante... Es el que salió en el periódico, el que detuvo a los muchachos, ¿no?

—Ese mero, chaparro, moreno, de lentes oscuros, ya grande como de cincuenta años...

—No, ése no entró con las patrullas de secretos que llegaron después. Pero lo vi en la puerta.

—¿No recuerda haberlo visto adentro?

Repitió la pregunta a la secretaria, a un velador que estaba haciendo guardia en la puerta trasera y a dos trabajadores de montacargas. La gente lo recibió en la huelga con desconfianza y no respondían abiertamente. El resultado sin embargo no estaba claro. No recordaban haberlo visto. "Sí, estaba allí, pero no, no fue ese día", y cosas por el estilo.

Paniagua podía ser el asesino. Pero en qué se basaba para buscarlo, en una llamada anónima que decía que era maricón. Podía haber entrado en el coche del gerente, podía haber entrado en la cajuela, podía haber entrado por la puerta de atrás.

¿Tenía coartada? ¿Cómo averiguar dónde decía el comandante que estaba esa tarde? Ni modo de ir a preguntar a la Judicial del Estado. Había sido un tiro al aire y había fallado. Tendría que probar por otro lado.

Al abrir la puerta, Héctor vio primero la pistola, luego la cara del hombre. Tenía miedo.

—¿Me va a dejar en la puerta, o me invita a pasar? —preguntó el detective.

—No quiero hablar con usted.

—No tiene mucho que hacer en estos días, con la fábrica en huelga… —dijo Héctor y empujó suavemente la puerta con el hombro.

El ingeniero Camposanto se hizo a un lado. Héctor

caminó hasta la sala de muñecas y se dejó caer en un sillón. Camposanto cerró la puerta.

—No tengo nada que decirle.

Caminó hasta el sillón, arrastrando los pies. Dejó la pistola sobre la mesa de centro. Héctor sacó un cigarrillo y lo encendió. Dejó caer al suelo el encendedor y cuando el ingeniero lo recogía sacó su pistola de la funda.

El hombre que se levantaba con el encendedor se encontró con el caño de pistola mirándolo fijamente.

—¿Qué quiere?

—Que me pase su pistola, tomándola del cañón, con dos dedos, por favor... —guardó el arma en el bolsillo de la gabardina y esperó a que el hombre se sentara ante él. Camposanto comenzó a llorar con la cara entre las manos. Los sollozos subían de volumen.

Héctor desconcertado siguió fumando su cigarrillo.

—Yo no quería —dijo el otro entre sollozos.

—Entonces, ¿por qué lo hizo? —preguntó el detective dando un palo en el aire. Los ojos vendados, esperando que el palo acertara a la piñata que en algún lugar sobre él se movía balanceándose en la cuerda.

—¿Hice qué? —respondió el ingeniero secándose las lágrimas con la manga de la bata.

—Matarlo.

—Yo no maté a nadie —respondió muy digno.

—A ver, déjeme pensar un momento.

—Usted no sabe nada.

—Pero siempre está uno a tiempo de darle a usted unas patadas en el hocico para que me cuente.

—No tiene por qué hacerlo.

—Por ejemplo porque entré a preguntarle algo y usted me amenazó con la pistola.

El ingeniero bajó la vista y se quedó mirando el suelo.

—¿Hace cuánto que conoce al comandante Paniagua?

—No lo conozco.

—No tengo prisa —dijo el detective, y sacó la cajetilla de cigarros. La puso sobre la mesa de cristal. Esperó.

La tensión iba creciendo proporcionalmente al tiempo en que el silencio tomaba posesión del cuarto. Camposanto, inmóvil en el asiento, evadía la mirada del detective, estiraba y deshilachaba el cordón de la bata gris; dirigía de vez en cuando miradas furtivas al cañón de la pistola. Héctor decidió que la espera operaba en su favor. El hombre no tenía reservas.

Iba a ser un duelo entre la debilidad del otro y su sueño. Miró el reloj: once y cincuenta y siete.

Doce.

Doce y treinta seis.

Doce y cincuenta y ocho.

Una y cuarenta y cinco.

—¿Qué espera? —dijo una voz ronca, casi irreconocible saliendo de los labios del ingeniero. Se frotó un par de manos sudorosas.

—Que me diga. ¿Hace cuánto que conoce al comandante Paniagua?

—Hace unos meses, Álvarez Cerruli me lo presentó en un club de golf que hay en la carretera de Querétaro.

—¿Cómo se dio cuenta de que también era homosexual?

—Álvarez me lo comentó… Parecía que se conocían de antes, de hace tiempo.

—¿Cómo se habían conocido?

—Me dijo algo de una fiesta.

—¿Qué le pareció Paniagua cuando lo conoció?

—Un hombre callado, silencioso… muy amable.

—¿Usted estaba tomando un café con el jefe de personal, un tal Fernández cuando se descubrió el asesinato? —dijo Héctor cambiando de tema y encendiendo un nuevo cigarrillo.

—Sí… ¿qué insinúa?

—Nada, nomás pregunto… ¿Entre cuatro y media y cinco y media qué hizo ese día?

—Regresé de la comida como a las cuatro y cuarto, luego estuve en el departamento de ajustes discutiendo con el encargado, y de allí fui al laboratorio. Estuve encerrado con los de control de calidad hasta las cinco y cuarto y luego al regresar hacia las oficinas me detuve a tomar un café con Fernández.

Había contestado en línea recta, con demasiada seguridad, pero había un hueco. En las palabras del ingeniero había un hueco que éste trataba de cubrir…

—¿Con quién comió?

—En una cafetería de Insurgentes Norte.

—¿Cómo se llama?

—No recuerdo.

—¿Solo?

—Sí, solo.

—Volvamos a empezar: ¿Con quién comió?

El ingeniero guardó silencio.

—No tengo prisa —dijo Héctor y volvió a mirar el reloj: una y cuarenta y ocho.

—Comí con Álvarez Cerruli —respondió Camposanto, y tras la respuesta se derrumbó en el sillón, añadiendo:

—Tenía miedo, mucho miedo. Estaba atrapado entre los dos y no lo soltaban. Yo ya sabía lo que iba a pasar, ya me lo había pedido. Yo no aguantaba estar viendo cómo Álvarez se deshacía de miedo. ¡Se estaba cagando de miedo! Y yo allí disimulando…

Si no hubiera sido por el sueño, por el embotamiento, Héctor hubiera oído un poco antes el ruido en la puerta a su espalda, pero no reaccionó hasta escuchar el golpe seco con el que la puerta fue forzada, se dejó caer con todo y el sillón al suelo y vio la llamarada de la pistola. En una posición incómoda y extraña, con los pies cruzados con el sillón, disparó dos veces sobre la puerta, una mano armada asomó para disparar a su vez un solo tiro. La bala se estrelló en la alfombra a pocos centímetros de su cara. La puerta sostenida por uno de los goznes se balanceaba. A su espalda, oyó los gritos ahogados por la sangre que inundaba la garganta de Camposanto. Como burbujas saliendo de un pantano. Escondió los pies tras una columna y apuntó hacia la altura del estómago de un hombre. El tiro seco atravesó la madera de la puerta y se fue a perder al pasillo. No había nadie. Se levantó tropezando con el cable de una lámpara. Pegado a la pared llegó a la puerta. Saltó. El pasillo estaba vacío. Su corazón bailaba una danza rusa dentro de la caja de música. Atrás, Camposanto se estaba muriendo.

—¿Quién lo mató?

—Pannhiagua —dijo la voz a medio camino de la tumba.

El hombre no le había producido ninguna simpatía. Pero se estaba muriendo, y Héctor no podía hacer nada. La muerte lo azoraba, lo intimidaba.

—Firme aquí —dijo Héctor sacando su libreta de apuntes y poniendo en la mano del hombre la pluma fuente. Al segundo intento Camposanto pudo detener la pluma entre los dedos y borroneó su nombre al pie de la hoja. La sangre le corría por la camisa bajo la bata gris. Héctor tomó la mano y manchando de sangre los dedos puso las huellas de dos de ellos al pie de la firma. Cuando retiró los dedos ensangrentados, se dio cuenta de que estaba tomando la mano de un cadáver. La arrojó con una mezcla de miedo y asco a un lado.

Escribió sobre la firma: "El comandante Paniagua asesinó a Álvarez Cerruli" y puso la fecha y la hora: una y cincuenta y cinco.

La sangre le había manchado la mano, la limpió en la bata gris.

Si había sido Paniagua, lo estaría esperando la policía en la calle para echarle el muerto encima, si no es que ya venían subiendo por el elevador. Salió de la casa corriendo. El pasillo estaba vacío, sin embargo se oían voces tras las puertas. Subió corriendo por las escaleras. En la azotea dos mujeres lavaban la ropa, un niño jugaba carreteras con un coche sin ruedas en una pista pintada con gis. Saltó la pista para no borrarla y pasó a la azotea vecina brincando una reja de metal de un metro.

La calle estaba tranquila, no había patrullas. Se dirigió a su coche y subió. Al encender el motor se dio cuenta de que estaba sudando. El sueño se había ido. Dos preguntas: ¿Por qué matar a Álvarez Cerruli en la fábrica, si resultaba más sencillo hacerlo en cualquier otro lado? ¿Por qué el asesino no había entrado a rematarlo?

El juego se iba volviendo macabro. Era una broma en la que uno le sacaba el ojo al niño de enfrente, sin querer. Y luego había que tratar de explicar a los adultos que sólo se estaba jugando, que nadie había pretendido dejar tuerto a nadie, que la sangre que estaba por el suelo sólo era pintura.

Se lavaba las manos furiosamente, la camisa en el suelo. El espejo le mostraba su propia cara, sin color, amarillenta, con la barba crecida, los ojos enrojecidos. La cara de fantasma. ¿Qué chingaos valía tres muertos?

El pómulo mostraba una pequeña marca rojiza, una quemadura muy leve. ¿Se la había hecho el tiro que había pasado al lado estrellándose en la alfombra?

Elisa desde la puerta lo contemplaba.

—¿Hubo problemas?

—Mataron a un tipo a mi lado.

—¿Y qué paso?

—Nada, que lo mataron.

Hubiera querido cambiarse de camisa, pero recogió la que estaba en el suelo y se la volvió a poner. La cara ante el espejo le devolvía al fantasma en que se estaba convirtiendo mientras abrochaba torpemente los botones.

La muchacha te está esperando… ¿Quieres que te acompañe?

—Sí, pásame lo que te pedí que guardaras.

Elena leía una novela en el patio, las piernas al sol, un refresco al lado de la silla de tiras de plástico.

Héctor se acercó y tomó el refresco. Un trago largo le disolvió el nudo en la garganta.

—¿Quihúbole, fantasma, cómo estás?

—Hasta ayer, era ángel guardián.

—Pero ya estás muy estropeado para ser angelito. Carajo, qué cara.

Elisa se acercó arrastrando dos sillas. Héctor se acercó para ayudarla.

—¿Qué hace eso aquí? —preguntó Elena al ver el paquete.

—Fui a por él, en vista de que no querías enseñármelo tú.

—¿Lo vas a abrir?

—Ajá.

—¿Qué vas a hacer con lo que encuentres?

—Tú dímelo.

—Yo no podía hacer nada… Quemarlo, dejarlo donde lo encontré… Venderlo y huir de aquí con el dinero… Por eso empezó todo el lío.

—Tu madre no sabe que lo tienes.

—Mamá no creo que sepa que existe.

—Ya déjense de darle vueltas y abran el paquete —dijo Elisa.

—Se van a espantar —dijo Elena.

—Ya no me espanto de nada —dijo Héctor.

Eran setenta y dos fotos brillantes y nítidas. Hubieran podido servir para ilustrar un Kamasutra nacional o para iniciar un boyante instituto de estudios sexuales. Tenían un solo personaje femenino, identificable muchas veces por un lunar en la nalga izquierda, o por la sonrisa en tercer plano, en medio de un revoloteo de senos y vello púbico. Alternaba con tres personajes masculinos, fácilmente identificables con nombres y apellidos, y vinculables a los mismos nobles nombres y apellidos que habían llenado las páginas de política nacional hacía dos sexenios, y aún rondaban por ellas desde boletines de un ministerio y una mansión de retiro.

Belascoarán sonrió al notar al lado de la mujer elástica y brillante, los tres gnomos de frente sudorosa, gestos violentos, cara afiebrada.

—Se me cae la cara de vergüenza —dijo Elena.

—Vaya manual —dijo Elisa.

—¿Sabe tu madre que existen estas fotos? —preguntó Héctor.

—No se hubiera dejado tomarlas... Es una puta, lo sé. Es una puta, pero aún tiene estilo —dijo la muchacha mordiéndose los labios.

Dominando el montón quedaba una foto brillante, de una enorme cama redonda, donde el ex ministro perseguía a Marisa Ferrer desnuda. La mujer se cubría el estómago con una almohada dejando al aire libre los senos bailarines por la agitación. El tipo traía los calcetines puestos.

—¿De dónde las sacaste?

—Las robé del coche de Burgos... Una noche en que estaba cenando con mamá le abrí el coche con un desarmador y un alambrito y le saqué la caja con las fotos y una grabadora y otras cosas. No sabía qué era lo que había sacado, sólo lo hice por jugar, por fregar al Burgos, que no lo tragaba. Tiré la grabadora y las otras cosas en un baldío, pero me quedé con el paquete, para ver qué traía. Lo abrí, me espantó, me llenó de asco, me dio mucho miedo.

—¿Él fue el que te empujó, cuando caíste de la azotea y te rompiste el brazo?

La muchacha asintió. Lloraba ahora abiertamente, sin esconder la cara.

Era una forma noble de llorar, sin vergüenza, llena de conciencia de las lágrimas que caían por las mejillas. Elisa la abrazó y permanecieron allí juntas.

—El segundo accidente… —insistió Héctor.

—Nunca supe qué pasó, a lo mejor fue una casualidad

—¿Burgos te dijo algo?

—La vez en que me aventó de la ventana… Yo estaba leyendo, y entró al cuarto. Me dio miedo y salí a la terracita. Él me dijo que sabía que yo tenía las fotos, que más valía que las devolviera. Yo le dije que qué fotos y me empujó. No creo que quisiera tirarme…

Héctor suspiró. Entonces, sólo teníamos detrás al buen Burgos, dueño de una enciclopedia ilustrada de relaciones eróticas entre una actriz y tres políticos oficiales. Sólo al Burgos y no a los perros políticos.

—Mierda de país. Como los modelos de las fotos sepan lo que tenemos enfrente ya podemos darnos por muertos… Y tú, pinche loca, ¿a quién querías vender esto?

—Vale mucho dinero.

—Pues sí, vale mucho dinero, bastante más de los cincuenta mil pesos que te cuesta un terreno en Jardines del Recuerdo… ¿Supieron alguna vez el gordito y sus amigos lo que les estabas vendiendo?

—Les enseñé una foto donde se ve a ése.

Señaló la foto que dominaba el montón.

—Vámonos a comer —dijo Elisa—. Vamos a dejar todo esto de lado por un rato o no voy a poder dormir en muchos días.

—¿De miedo, o de desconcierto erótico? —dijo Héctor riendo.

—Las dos cosas —respondió Elisa.

La muchacha sonrió entre las lágrimas.

Había pasado la tarde dormitando en un cine, ganando tiempo y reponiendo energías para la máquina vapuleada. Ahora, mientras tomaba un complicadísimo helado de seis sabores con nueces, crema chantilly, fresas, melón y jarabe de cereza, Héctor dispuso el plan en una servilleta:

a) ¿Cómo entró Paniagua a la Delex?
¿Para qué mató al ingeniero?
¿Por qué quiere pruebas contra él el gerente R.C.?

b) ¿A dónde se fue el viejo después de que dejó el mercado en el 66? ¿Cuevas?

c) Destruir las fotos, ¿negociarlas? ¿Cómo fregar al Burgos?

Saboreando las últimas cucharadas no por empalagosas menos agradables, consciente de toda una teoría metafísica autoelaborada sobre que los helados complicados suministran calorías, decidió que a pesar de que las cosas estaban claras, la claridad era bastante oscura.

El atardecer lo sorprendió desentumeciéndose, estirándose las piernas adormecidas en el asiento del cine. Caminó por Insurgentes tropezando con las oleadas humanas de la hora punta: oficinistas que compartían el éxodo del pueblo elegido hacia el hogar, adolescentes por miríadas que tomaban el control de la calle y la hacían suya, coches y más coches jugando a la angustiosa sinfonía del claxon.

Era un mapa urbano que conocía y del que había sido testigo y cómplice.

El laberinto desembocaba al fin en su propio centro. ¿Sería la plaza de los sacrificios humanos?

Territorio del Minotauro, lugar de la carnicería, las tres historias avanzaban al fin hacia el final.

Al fin hacia el final. La sonoridad de la frase le gustaba. Mientras asumía, empujando por la calle el cuerpo entumecido, atolondrado por el ruido del tránsito, su condición de cazador solitario, el detective fue buscando los posibles hilos que conducían a un final sorpresivo.

El primer problema era encontrar una salida propia al conflicto de la Delex. Una salida en la que no le hiciera el juego al policía asesino, o al gerente omnipotente. Una salida propia en el embrollo fotográfico de Burgos.

Eso parecía estar claro, pero algo le picoteaba las ideas. El "cuchillo de palo" ("no mata pero qué bien chinga") de las palabras del obrero gordito: "Usted tenía fusca…"

Porque Burgos era un piojito que tomaba fotos de políticos gnomos encuerados en un país que había institucionalizado la carrera artística como un maratón de salto de camas. Un país de poder a punta de verga, de chingones que trinchan y jodidos que miramos.

Y si Burgos era un piojito, el comandante Paniagua era un típico y eficaz funcionario. Porque son las generalidades las que hacen las reglas. Y a Paniagua si algo no podía achacársele es que estuviera al margen de las reglas del juego Y bueno, quizá fuera un hombre de la frontera del sistema. Pero a hombres como él apelaba el sistema cuando quería asesinar estudiantes o perseguir huelguistas.

El único que desentonaba moralmente en el paisaje nacional era quizá el propio detective. Y quizá por eso lo buscaban para matarlo, y probablemente no resultara tan difícil.

Y pensó que los solitarios morían sin hacer ruido, sin alterar en serio el orden de las cosas.

Detuvo el coche ante la casa de Marisa Ferrer, arrojó la colilla por la ventana abierta y respiró el aire suave de la noche. Por allí debería haber flores. El estragado olfato le advertía de la presencia de alguna flor aunque nunca había sabido distinguirlas. Ojeó y vio flores blancas en una enredadera; también rosas en la entrada de la casa de al lado. Si hubiera mirado hacia atrás hubiera visto a dos hombres descender de una camioneta Rambler, ahora de color mamey.

—Ponga las manos donde las veamos —dijo una voz a su espalda.

Héctor giró lentamente con las manos a los lados de las bolsas. Había abrochado la chamarra durante el camino para poder traer la ventanilla abierta sin que el frío molestara. Tardaría horas en sacar la pistola.

El gordito, con una navaja de botón en la mano se acercaba; a un par de pasos atrás el que alguna vez en esta historia había tirado los refrescos al paso de la muchacha lo apuntaba con una escuadra .22. ¿Esteban? ¿No era ese nombre? Esteban *Aprietabrazo*.

—Hombre, el gordito... y Esteban, ¿no es así?

—Cállate hocicón —dijo el gordito.

—Queremos las fotos —dijo Esteban levantando la mira de la pistola hasta apuntar a la cara.

Si se cruza el gordito entonces... Pensó Héctor y luego desechó los juegos heroicos, las hazañas de película. Porque seguro que antes de darle un buen golpe le metían un plomazo en la cara.

—No tengo ninguna foto.

—Pero ella las tiene. Tú te sientes muy chingón. Hablas mucho...

Héctor sonrió. Quizá ésa era su única virtud, el silencio. El gordito le dio una patada en la pierna. Estaba aprendiendo su técnica. Atacar desde el absurdo, del silencio, trastabilló y cuando caía recibió una nueva patada, ahora en las costillas. Héctor se tragó el grito a medias. Desde atrás del gordito llegó Esteban *Aprietabrazo* y le pisó un tobillo. Héctor aulló. ¿Serán malvones las flores blancas? ¿Lirios? ¿Azucenas? ¿Flores de azar? Ésas nomás crecían en los naranjos. El gordito le dio una nueva patada, ahora en el estómago. Héctor sintió cómo el aire se le escapaba de los pulmones y se negaba a regresar. Luchó brutalmente contra la sensación de ahogo, mientras el gordito le rasgaba la tela de la chamarra en la manga con la navaja. El acero llegó hasta la piel y la sangre brotó.

—Aquí con nosotros te chingas.

—¡Qué pasa allí! ¡Voy a llamar a la policía! —gritó una mujer a lo lejos, cada vez más lejos, pero suficientemente cerca como para que el gordito y Esteban *Aprietabrazo* corrieran hacia la camioneta. Héctor desde el suelo vio las botas huyendo sobre el pasto que bordeaba la banqueta. Continuó peleando contra el pulmón que se negaba a funcionar trayendo aire. Desde el suelo oyó el motor que arrancaba y mirando hacia su salvadora vio las piernas que asomaban por la abertura de la falda.

—Sagadheze —dijo, aunque era claro que había intentado decir "Se agradece".

—Ya era hora que se apareciera por aquí —dijo Marisa Ferrer sonriente a cien metros encima de su cabeza. Apoyó la cara en el pasto para sentir el frescor y deseó haber seguido durmiendo en un cine de tercera, no haber abandonado a Tarzán cuando se disponía a cruzar el desfiladero. Todo por un mugroso helado de seis sabores y unas flores blancas, pensó.

—¿Dónde está la cama redonda? —preguntó el detective. La mujer frente a él, sentada en una banca de raso dando la espalda al tocador y al espejo ovalado, lo miraba divertida.

"Ya nunca la voy a poder ver vestida", pensó el detective. A la suave luz de las dos lámparas con pantallas azules en las mesitas de noche, el cuarto alfombrado de azul suave no tenía principio ni fin. Era como vivir en el interior de un huevo.

—La cama redonda... ¿no es aquí?

—¿Le pegaron en la cabeza?

Héctor negó.

—¿Está bien mi hija? —preguntó la mujer sonriente, suave.

"Está usted mucho mejor", pensó el detective, pero recostándose en la cama se limitó a asentir.

—No le ha pasado nada, ¿verdad?

—Nada, ella está bien... Usted ha hecho el amor en una cama redonda...

—Supongo que algunas veces... No se llega a mi edad sin pasar por experiencias... —esbozó un gesto que dejaba la frase en el aire y la completaba con ambas manos abiertas a los lados del cuerpo.

—Una cama redonda en una casa prestada. ¿Dónde?

—¿Es en serio?

—Totalmente. Sé que se ha acostado con funcionarios del gobierno, con políticos. Sé que hay fotos de sus hazañas en la cama. Sé que si esas fotos se descubren le van a costar la cabeza... ¿Dónde?

—No es posible.

—He visto las fotos.

La mujer se puso en pie, buscó en una de las mesitas de noche sus cigarrillos. Encendió uno.

—Páseme la lumbre, por favor.

Héctor sacó sus arrugados Delicados del bolsillo superior de la camisa con el brazo sano, la mujer se lo encendió con un encendedor de oro. A la luz de la llama se quedaron mirándose.

—¿Lo sabe Elena?

Héctor asintió.

—¿Qué piensa de mí?

—No lo sé.

—¿Y usted?

—Cada vez me cuesta más trabajo juzgar… Yo no lo hubiera hecho —dijo Héctor intentando una broma.

—Somos como guante viejo… Al principio da asco usar el cuerpo. Nos han dicho tantas veces que no es para jugar con él. Pero se lava y queda como nuevo, muchas veces mejor aún. Y una sigue corriendo… sigue en la carrera, sin tener que apretarse el cinturón, haciendo venganza de las amigas de la prepa que te llamaron puta, y de la tía de Guadalajara que ya no te saluda. Y caminando sobre los restos. ¿Oyó antes lo de caminando sobre los restos? Ya lo había dicho, lo dije en *Flor del mal*, una pinche película… Otra pinche película. Ni modo que llore ahora y que diga: ¡Cómo me avergüenzo! Avergüenzo, una chingada. Me hubiera acostado con otros, más suaves, más enteros, más humanos, menos jodidos… más pobres, menos fuertes… Porque, sabe usted, después de todo, ésos tampoco tienen nada. Y yo tengo esto.

Había dicho sus palabras mitad de espaldas, mitad de perfil, con la cara suave y brillante, hinchándose de rabia a veces, recortada por la luz de la lámpara. Héctor, recostado en la cama, adolorido deseando quitarse los zapatos, encender la televisión y cambiar de canal como quien cambia de vida, buscaba un lugar donde poner la ceniza. No quería compartir más miserias, no quería entender, quería que la mujer lo dejara en paz. Pero ella se puso en pie y rompió los tirantes del vestido negro, y llevándose las ma-nos a la espalda, ya sin el primer furor, ya dentro del ritmo aprendido, inconscientemente pegado a sus actos, bajó el cierre y dejó que los senos brillaran a la luz difusa de las lámparas de pantalla azul. El vestido se fue cayendo al suelo tropezando suavemente en las caderas y sólo un pequeño calzón blanco y las botas negras, tersas como piel de gato.

Héctor se sintió tentado a estirar la mano y tocar la piel dulce. La mujer se quitó el calzón con las dos manos, enrollándolo en las piernas hasta que cayó al suelo.

—¿Le da miedo?

Héctor le tendió la mano y la mujer se dejó caer a su lado sobre la cama, desnuda, las botas aún puestas, rematando un *strip tease* que nunca triunfaría en el cine porque repentinamente se había vuelto humano.

Héctor abrazó a la mujer que se pegó a él en silencio. Héctor miró hacia el techo y echó el humo. Ya no tenía nada que dar, excepto solidaridad. Apoyo de jodidos unos a otros en la misma tierra, en el mismo país que nos hacía y nos deshacía, y nos tomaba y nos largaba a la aventura y nos dejaba para carroña, pasto para los buitres. Con la mirada fija en el techo vacío persiguió la columna de humo larga que expulsaron los pulmones.

—Qué pinche escena, ¿eh? —dijo la mujer. Se puso en pie y fue hasta un clóset para ponerse una bata.

Héctor pensó en estirar las manos y detenerla, pero se quedó hipnotizado viéndola alejarse.

—¿Cómo se siente? —preguntó ella al regresar.

—Apendejado.

—Le curé la herida del brazo. No es profunda, pero sería bueno que fuera a un médico, para ver si necesita un par de puntos.

—¿La cama redonda? —volvió a preguntar Héctor.

Subió al coche y mientras el motor se calentaba encendió la radio.

Buenas noches, desvelado amigo. ¿Todo va mal, verdad?

dijo la voz de *el Cuervo* Valdivia desde las bocinas de atrás del asiento.

—Todo va de la rechingada —dijo Héctor Belascoarán Shayne.

202

No lo tome a la dramática... A poco cree que estoy aquí hablándole por gusto... Resulta que yo, como usted, tengo que ganarme el sueldo.

—Así es —respondió el detective arrancando. Descansó el brazo herido en la ventanilla sosteniendo el volante. Ahora le dolía más la boca del estómago y la pierna con la que metía el *clutch*. Lanzó el pequeño Volkswagen hacia el norte, nuevamente por Insurgentes, viendo al descuido vidrieras encendidas, focos del alumbrado eternos, luces de amantes de última hora que se apagaban. Imaginando camas calientes, vasos de leche en buró, la palabra fin de la última película en la televisión.

Y además, hoy para mí es tan mal día como para usted... Hasta pensé en pegarme un tiro...

Y luego me acordé que tenía una cita en la noche, con los compañeros de las sombras, con los últimos humanos, con los desesperados, con los solitarios... De manera que aquí estoy de nuevo, compartiendo y aprendiendo con la noche. Solidario en la soledad.

¿Que para qué les cuento historias tristes?: para compartir de todo un poco.

—¿Por qué no le hablas a una actriz de cine solitaria, que acaba de quedar dormida? —preguntó Héctor en voz alta a ese Valdivia salido de la radio en medio de la noche de mercurio.

Y antes de ponerles una zamba con mensaje y melancolía, para que rumiemos nuestra propia pena, un mensaje urgente: el dueño de un perro, en la calle Colima ciento setenta y cinco o ciento setenta y siete que por favor le dé veneno a su animal porque no deja estudiar a cinco amigos que tienen examen mañana.

Parece que al perro no le han dejado su cena y lleva un par de horas aullando.

Otro mensaje urgente para nuestro amigo detective, que debe estar rondando por ahí, en garras de la pérfida y amorosa noche. Han llamado un par de veces para advertirte que quieren matarte. Supongo que te lloverán bromas de éstas cada tercer día. En caso de que te interese puedo pasarte la grabación de las voces.

Un saludo, viejo.

Y ahora, en memoria de lo que no pasó conmigo esta tarde, y en memoria de lo que nuestro solitario detective necesita esta noche, una zamba argentina.

La *Zamba para no morir*.

Con ustedes *el Cuervo* Valdivia, en el programa de radio que ha perdido la necesidad de los adjetivos.

Romperá la tarde mi voz... inició la zamba en la radio. Héctor detuvo el coche en la esquina de Insurgentes y Félix Cuevas y se quedó oyendo la canción.

Luego arrancó de nuevo. Quince minutos más tarde estaba frente a su oficina.

—¿Algo nuevo vecino?

El inevitable, el eterno ingeniero Villarreal, alias *el Gallo,* trabajaba sobre sus malditos esquemas.

—¿No se aburre, ingeniero?

—El chingo —respondió poniendo una pausa entre cada sílaba.

—¿Recados?

—Naranjas… ¿Qué lo trae por aquí a estas horas?

—Tengo que revisar unas notas que dejé en la ´caja fuerte" desde el primer día.

—¿Cuál primer día?

—El primer día de todo esto —respondió Héctor sacando de la "caja fuerte" un refresco y el legajo con las declaraciones de policías y testigos con el que se había abierto el caso de Álvarez Cerruli.

—Tengo algo para usted —dijo *el Gallo* y le tendió un manojo de fotocopias.

—¿Qué es?

—El otro día en que me preguntó qué podría poner a cimbrarse la Delex, estuve leyendo sus notas y luego preguntando a algunos amigos que trabajan en el gobierno y llegué a esto.

CONTRABANDO DE METALES PRECIOSOS, titulaba el diario con fecha de hacía año y medio.

—Bueno aquí está la historia completa —dijo Héctor después de leer la nota.

—Esa impresión me dio cuando lo encontré.

—Se agradece, vecino.

—¡Carajo, está usted todo madreado! —dijo *el Gallo* al levantar la vista por primera vez y mirar al detective.

—Nada que no se cure con aspirinas, ingeniero.

Héctor hundió la cabeza en el legajo. Ahora sólo quedaban hilos por atar, deudas por cobrar.

Revisó cuidadosamente las declaraciones de las secretarias, las declaraciones de los policías de las patrullas ciento dieciocho y setenta y seis, el policía industrial Rubio. Todo concordaba. ¿Qué había dicho Camposanto antes de morir?:

YO YA SABÍA LO QUE IBA A PASAR, YA ME LO HABÍA PEDIDO.

Sólo hacía falta encontrar en cuál de sus tres casas tenía el comandante Paniagua la foto de la mujer del muerto. En dónde había guardado el trofeo macabro, y eso era sencillo.

—Me voy a dormir un rato, vecino.

—¿Ahora no se queda en el sillón?

—Este cuerpo pide cama blanda —dijo Héctor.

Dejó atrás al ingeniero sonriente en medio de sus esquemas y sus puros de Oluta. La luz se había estropeado de nuevo en el pasillo y se guió por el reflejo que salía del vidrio del despacho. Prendió el encendedor y se quedó mirando la placa:

Belascoarán Shayne: Detective
Gómez Letras: Plomero
"Gallo" Villarreal: Experto en drenaje profundo.
Carlos Vargas: Tapicero

Aprovechó la llama para encender un cigarrillo. Cada ciudad tenía el detective que merecía, pensó.

La primera ráfaga de ametralladora destruyó el vidrio y le astilló el fémur de la pierna derecha. La segunda le hizo sentir cómo la cabeza explotaba en mil turbulentos e irreparables pedazos que ya nunca volverían a juntarse, y al caer hacia el suelo, en un reflejo absurdo, llevó la mano hacia la pistola. Quedó en el suelo sangrando, con la mano cerca del corazón.

XI

Nada de fuerza bruta. Éste es un juego cerebral.

GEORGE HABASCH
(citado por Maggie Smith)

—ES POSIBLE que en un par de meses pueda tirar el bastón a la basura. Yo pienso que si usted no se apresura irá poco a poco recuperando el uso normal de la pierna, no creo que deba preocuparse por eso. En cuanto al ojo izquierdo, no creo que deba hacerse ilusiones. Algunos de mis colegas han sugerido que quizá una operación en Suiza… pero, francamente, la visión está totalmente perdida, el ojo ha muerto, señor Shayne.

—Belascoarán Shayne —dijo una voz ronca desde la silla de enfrente del doctor.

—Perdón, señor Belascoarán.

—¿Podría conseguirme un parche negro, doctor? Me molesta ver en el espejo ese ojo, muerto como usted le dice.

—Sí, cómo no, le extiendo de inmediato una orden para el depósito de ortopedia.

Héctor salió cojeando, apoyado en el bastón negro de mango redondo. Después de todo, en términos de imagen había mejorado notablemente. Un parche en el ojo izquierdo, una barba crecida, un bastón sólido que con la ingeniería adecuada podría ocultar un estilete, como el del conde de Montecristo.

Regresó al cuarto donde había pasado las últimas tres semanas y guardó los libros y el pijama en la pequeña maleta de cuadros escoceses, colocó nuevamente la pistola en la funda y la colgó con cuidado del cuerpo.

La sacó de nuevo para revisar el cargador y el seguro. Tomó la última carta de la muchacha de la cola de caballo y se dejó caer sobre la cama. Del buró tomó el último cigarrillo, arrugó el paquete y lo tiró al bote de la basura. Falló lamentablemente. "Tendría que adaptarse a calcular distancias con un solo ojo", pensó.

Tengo que organizar una fiesta interminable para tus vecinos plomero y tapicero. Gracias a sus extrañas cartas sé que mejoras y que no puedes aún escribir. Ellos me enviaron maravillosas notas que empezaban: "Estimada señorita de la cola de caballo, aquí Gilberto y Carlos, vecinos y amigos fieles del detective Héctor…"

Con ellas llegaron los recortes de la prensa mexicana.

Lograste ser material de la nota roja.

¿Cómo estás?

Yo regreso. Y no quiero que pienses que vuelvo a convertirme en enfermera de ese extraño personaje que anda dejando pedazos por el camino. Vuelvo porque la búsqueda se agitó y no había nada al final del camino, sólo una noche estrellada en la terraza de un hotel de Atenas, evadiendo los galanteos de un diplomático alemán y un capitán americano con destino en una de las bases de la OTAN.

Eso, y una crema de menta helada en un vaso enorme entre las manos. Triste destino al fin de la búsqueda. Por eso a las once de la noche encontré una agencia de viajes que trabajaba doble turno y reservé los boletos a París para de ahí salir hacia México.

Te doy una semana de chance después de que llegue esta carta para que te vayas haciendo a la idea.

Anexo una lista de los reyes visigodos de España para que resuelvas problemas detectivescos subrayando los nombres de los asesinos:

Alarico, Ataúlfo, Sigerico, Valia, Teodoredo, Turismundo, Teodorico, Eurico, Alarico II, Gasaleico, Amalarico, Teudis, Teudiselo, Agila, Atangildo, Liuva, Leovigildo, Recaredo, Liuva II, Viterico, Gundemaro, Sisebuto, Recaredo II, Shintila, Sisenando, Kintila, Tulgo, Kindasvito, Recesvinto, Vamba, Ervigio, Egica, Vitiza, Akila y Rodrigo.

Si dejaste de subrayar uno solo la cagaste, porque esta bola de asesinos se despacharon entre todos millares de ciudadanos en su época.

Una mariposa se ha quedado dormida en el alféizar de la ventana.

Te ama:

YO

En el borde de la carta escrito con lápiz un recado: Vuelo de Iberia 727 desde París, miércoles 16. Héctor sonrió y arrugando la carta la arrojó hacia la papelera. Ahora cayó en el borde, dudó y después se fue hacia adentro. Con ese primer triunfo en el día, salió del cuarto para dejar el hospital.

—Usted se va a volver loquito, jefe —dijo Gilberto que hacía laboriosas cuentas en un presupuesto para un desagüe.

—¿A poco le tiene que calcular tanto para un pinchurriento desagüe? —intervino el tapicero que había vuelto la sección del aviso oportuno de *El Universal* su biblia portátil.

Héctor guardó en el maletín los legajos y papeles que dieron origen a las tres historias. Dejó las fotos en la pared, para que alguna huella quedara si todo salía mal. Recogió los cartuchos de dinamita.

—La cueva puede estar en la ciudad de México, no tiene que estar en Morelos —dijo en voz alta. Tomó el teléfono.

—¿Carlos?... ¿Algún amigo que conozca las colonias más jodidas de la ciudad de México?

Se sorprendió al ver que el cura no usaba el uniforme de rigor. Era un muchacho joven, con unos lentes gruesos, un suéter gris con cuello de tortuga, deshilachado en los codos, y el pelo alborotado.

—¿Cuevas? Conozco dos lugares, puede haber muchos más... Pero yo conozco dos... ¿Quiere que pregunte a algunos compañeros?

Héctor afirmó. El cura salió. El sol entraba por el cristal roto de la ventana de la sede parroquial. En la pared un par de carteles: CRISTIANOS PARA EL SOCIALISMO, LA PALABRA DEL SEÑOR LIBERA O ADORMECE. ¿CÓMO VAMOS A USARLA?

—Me han dado el nombre de otra colonia —dijo el cura entrando—. No la conozco personalmente, pero...

Héctor alcanzó un Delicado con filtro que el sacerdote aceptó; fumaron juntos en silencio.

—Le agradezco... —dijo Héctor al levantarse con las direcciones en un pequeño papel que el otro le había tendido.

—No hay nada que agradecer. Recuerdo que usted nos hizo un gran favor levantando el lodo en aquella historia de la Basílica...

—No encontré ningún motivo para retenerla... ¿Qué hubieras hecho tú?

Héctor alzó los hombros.

—La muchacha quería levantar vuelo sola. Pero ella misma se sentía inútil, impotente. La madre le dijo: "Aquí está el boleto de avión. Vámonos juntas a empezar de nuevo..." Y a mí me pareció lo menos malo...

—Lo menos malo… —repitió Héctor.

—¿Sabes qué?, que te ves bastante guapo, hermanito.

Héctor sonrió. Levantó el brazo para pedir un nuevo café express.

De las semanas anteriores al tiroteo, conservaba sólo la sensación de que había estado hundido en el sueño, y la nueva costumbre de tomar cafés cargados.

—¿Adónde se fueron?

—Creo que a Polonia. Ella consiguió una beca para trabajar en el teatro polaco, y Elena estaba muy ilusionada con ponerse a estudiar diseño.

"En la casa te dejó un pedazo del yeso del brazo, autografiado".

Héctor pagó la cuenta y se puso en pie.

—¿Qué vas a hacer?

—Ajustar cuentas por ahí.

—¿Quieres que te ayude en algo?

Héctor negó con la cabeza y se alejó cojeando.

—Rompieron la huelga como a los tres días después que entraste al hospital. Cargas de la policía montada y todo… Entraron los esquiroles a trabajar, pero la gente se negó a entrar si había represalias, y entraron todos con un convenio. Ahí sigue la bronca adentro. Estire y afloje. Hubo algunos despedidos…

—¿Es una derrota? —preguntó Héctor.

—Pues… la gente aprende en la lucha. No ha sido una victoria, pero en esta ciudad cuesta mucho trabajo… En fin, no sé cómo explicarlo, ni victoria ni derrota… —dijo Carlos pasándole al detective una taza de café cargado y humeante.

—Sino todo lo contrario… —dijo Héctor.

—Por cierto, Elisa ingresó el dinero en el Banco en una cuenta a nombre de los tres… ¿Qué vamos a hacer con eso?

—Yo no pienso tocarlo…

—¿Si agarro de ahí algo para las familias de los despedidos hay bronca? —preguntó Carlos.

—Ninguna conmigo… ¿Soltaron a los presos?

—Al día siguiente de romper la huelga.

—Menos mal —dijo Héctor quemándose al dar un sorbo al café humeante.

—Y al fin, ¿sabes quién mató al ingeniero?

—Sé quién, por qué y cómo. No es nada del otro mundo sumar los datos.

Se bajó del camión cuidando en apoyar primero el bastón y caminó hacia el edificio de dos pisos. Enfrente de una refaccionaria tres hombres jugaban rayuela.

—¿Dan chance?

Lo miraron de pies a cabeza, sonriendo entre ellos.

—Lléguele.

Héctor tiró primero y su moneda quedó a más de veinte centímetros de la raya en el asfalto. Perdió el primer peso.

La segunda vez, la moneda rodó alejándose de la raya. Perdió el segundo peso.

La tercera vez, la moneda cayó limpiamente en la raya y se movió un par de centímetros escasos. Recogió los pesos de sus dos adversarios, agradeció con un gesto y entró al edificio de departamentos.

—Para ser tuerto es mucha verga —dijo uno de los jugadores.

Tocó el timbre. El mayordomo (tenía que ser el mayordomo con esa apariencia) abrió la puerta.

—¿Lord Kellog? —qué horror, como las zucaritas de maíz, igualito.

—¿A quién anuncio?

—Héctor Belascoarán Shayne, detective independiente.

—Un instante.

La puerta entreabierta dejó escuchar los pasos cansados del viejo diplomático.

—¿Sí? —hablaba un español suave, perfecto, quizá con un acento demasiado académico, impersonal por tanto.

—Quiero que me acompañe. Voy a cometer un acto ilegal y quiero que usted y su mayordomo sean testigos.

—*With pleasure*. ¡Germinal!

El mayordomo acudió presto a la llamada. Eso era lo bueno con los ingleses. No se perdía el tiempo en explicaciones vacuas. Descendieron al piso de abajo. Héctor sacó la pistola y disparó sobre la cerradura dos veces, las astillas volando casi le arrancan la mano. La cerradura cedió. Empujó la puerta con el bastón y entró.

Tras él, el inglés, siempre arrastrando los pies, con una sonrisa oculta tras los lentes de miope y el mayordomo. Empujó la puerta de la recámara. Una cama matrimonial, un buró, un librero sin libros, con pilas de revistas viejas, una mesa con un cajón. Dudó un instante, abrió el cajón. Aún con el marco de plata, la foto de la ex esposa de Álvarez Cerruli lo miraba sonriente, complaciente, como orgullosa del triunfo del detective.

—Quiero que redacten lo que han visto hasta este momento en palabras sencillas y lo firmen. Quedándose con una copia.

—¿Me puede mostrar su identificación?

Héctor sacó la ajada credencial de academia mexicana. Probablemente por diez corcholatas de pepsi y dos pesos le darían una nueva, incluso podía mejorar la foto ahora con el parche.

El británico sacó una pluma fuente de oro y se sentó a la mesa. En un par de minutos redactó brevemente lo visto, con una letra grande, regular, puso la fecha y firmó al calce, el mayordomo firmó tras él.

—Le agradezco muchísimo el servicio.

—Espero ser de utilidad señor…

—Belascoarán Shayne

—¿Shayne?

—De origen irlandés.

—Ah, ah —dijo Lord Kellog.

—Lamento mucho… —dijo Rodríguez Cuesta en la acogedora penumbra de la oficina. Héctor interrumpió la frase moviendo el puño del bastón.

—Aquí están las pruebas que demuestran que el comandante Federico Paniagua mató al ingeniero Álvarez Cerruli.

Lanzó sobre el escritorio las copias de los legajos. Luego dejó caer la hoja firmada y con huellas de sangre de Camposanto que flotó en el aire; por último deslizó sobre la mesa la limpia hoja caligrafiada por el inglés y su mayordomo.

—Me abruma, señor Shayne, pensé que…

—Usted se me atraganta señor Cuesta… —dijo Héctor y poniéndose en pie le asestó un tremendo bastonazo en la mandíbula. Oyó el nítido *crac* del maxilar al quebrarse.

El gerente cayó hacia atrás rebotando la cabeza contra el respaldo del sillón de cuero negro. La bocanada de sangre que escupió arrastraba un diente.

—Diga que se tropezó con el cable de la lámpara… —dijo Héctor tirando al suelo el cuadro del consejo directivo de la empresa con la punta del bastón.

Porque los finales felices no se hicieron para este país, y porque tenía un cierto amor infantil por la pirotecnia, Héctor fue empujado por esas y otras oscuras razones hacia el desenlace; guiado también por la idea de que todo debería terminar bajo el signo de la hoguera. Así, la tribu Belascoarán compuesta por un solo hombre, podría bailar en torno al fuego. Era la forma de cobrar un ojo y una pierna que cojeaba, era el mejor final para tanta basura.

Esperó pacientemente hasta que los últimos jugadores abandonaron el Bol Florida, hablando de las chuzas que podrían haber sido hechas pero qué lástima que el pino se ladeó tantitito, y de aquellos pinos solitarios y separados por el ancho de la mesa pero con el efecto, qué chingón eres, se vinieron abajo.

No apartó los ojos de la camioneta Rambler mamey con placas chuecas estacionada y adivinó en el interior del boliche, en el cuarto trasero, al gordito, *Chamarraverde* y a Esteban *Aprietabrazo,* quejándose de lo cerca que habían estado de pudrirse de lana, de atascarse de billetes que devaluados y todo, de la cantidad de viejas, coches, hoteles, comida, Estados Unidos, mota, buen rock que podrían haber sido.

Cuando la noche entera dominó el escenario descendió del coche. Era la brasa solitaria de su cigarrillo en la calle vacía. Amorosamente colocó el cartucho de dinamita bajo el carro y encendió la mecha con la lumbre del cigarro. Retrocedió despacio, un poco aceptando el riesgo y jugando con él.

Se sentó en el Volkswagen y arrancó el motor.

El fuego llenó la cuadra, la camioneta se levantó en el aire y pedazos de ella volaron hasta traspasar los vidrios recompuestos de la fachada del boliche.

Mientras se alejaba, lamentó que el destrozo se hubiera hecho extensivo hasta un Renault verde que estaba atrás. Deseó que el dueño fuera el gordito o cualquiera de sus cuates. Y dijo:

—La guerra es la guerra —esbozando una sonrisa amplia, satisfecha.

Se detuvo ante un teléfono y marcó el número de radio patrullas.

—Abusados, acaban de volar una camioneta robada frente al Bol Florida, en el interior del local está una peligrosa mafia de ladrones de autos, dense prisa… —y colgó.

Le comenzaba a encantar esta pachanga que sazonaba telefónicamente con voz de melodrama.

La dirección en el Pedregal que Marisa Ferrer le había dado la noche en que intentaron matarlo respondía a un triste castillo feudal de piedra fría en las calles solitarias. Una gran reja verde dominaba la entrada, tras ella árboles y un pasto lleno de hojas secas. Habría que organizar todo como una operación comando, pensó Héctor divertido. Encendió el cigarrillo y guardó los dos últimos cartuchos de dinamita bajo el cinturón, quitó el seguro a la pistola abriendo la chamarra para dejar libre la funda.

—¡Órale! —gritó dándose ánimos.

El primer cartucho voló la reja que se arrugó en el aire como si hubiera estado hecha de alambre.

Héctor corrió entre los árboles cojeando. Una sombra revólver en mano se cruzó con él en la entrada de la casa y el detective disparó sin pensar a las piernas. Vio la llamarada pasar a centímetros de la cabeza. Al pasar junto al hombre tirado en el suelo que se tomaba la pierna lamentándose, pateó la pistola.

Era una especie de juego con reglas nuevas. Ahora había que correr a la segunda base, pensó y entró disparando al aire dos tiros.

Tropezó con una lámpara de pie y rodó por el suelo. Desde allí vio dos mujeres desnudas que pasaron corriendo a su lado y se encerraron en un baño.

Con el bastón golpeó la puerta del baño:

—¿Me dan chance, porque me anda de ganas de mear?

No esperó la respuesta. Corrió arrastrando la pierna por pasillos hacia el lugar de donde habían salido. Un hombre se ponía los pantalones de espaldas a la puerta.

—Con permiso —dijo Héctor.

El hombre se dejó caer al suelo.

Allí estaba la cama redonda que en los días de hospital le había quitado el sueño. Si la cama estaba allí, desde... ¡allá! tomaban las fotos. Un gran espejo que ocupaba la mitad de la altura del cuarto y casi la totalidad de la pared le devolvió su imagen.

Disparó tres veces contra él hasta que se desmoronó en pedazos. Quedó al descubierto un notable estudio fotográfico con cámaras y aparatos extraños, incluso una cámara de dieciséis milímetros montada en tripié. Burgos en mangas de camisa miraba desconcertado al detective.

El hombre en el suelo se quedó mirando con los ojos abiertos como platos el nuevo suceso.

—Y ahora, a correr, porque en veinte segundos vuela todo esto —dijo Héctor prendiendo el cartucho de dinamita y arrojándolo al interior del estudio.

Fue rebasado por fotógrafo y hombre desnudo a medio poner los pantalones en su carrera hacia el jardín.

Al pasar al lado del herido volvió a empujar la pistola a unos metros más allá de donde se había arrastrado. A sus espaldas se desató el infierno. Llamaradas de fuego mordieron los árboles más cercanos a la casa. Las muchachas salieron por la puerta corriendo aún desnudas.

"Vaya fiesta", se dijo el detective. Y continuó su carrera hacia el coche con el motor encendido que lo esperaba.

—*Safe* —dijo al cerrar la puerta.

Tomó un café aguado e hirviente en el Donidonas de Insurgentes servido por un mesero lleno de barros y de cara tristona que le ofreció unas donas arrugadas como pidiendo perdón por el servicio, pero que aceptó de buena gana un cigarrillo y luego habló de la última pelea de box.

Héctor tuvo que reconocer que no jugaría el mismo juego otras dos veces en esa noche ni aunque le dieran un millón de pesos. El corazón todavía saltaba y el miedo seguía rondando por el interior de las costillas por más que lo había escondido antes de comenzar el baile.

Después de todo, ¿qué había logrado? Que el gordito y sus cuates tuvieran que cargar las cajas de refrescos, y andar en Metro hasta que la suerte los pusiera sobre otra movida jugosa. Que Burgos se retirara temporalmente de la fotografía artística. Por su cabeza cruzaron las nalgas sonrosadas, cuatro de ellas, corriendo por los pasillos de la casa. ¿Quién sería el hombre del pantalón a medio poner?

El mesero le llevó dos donas para celebrar las carcajadas del detective.

Cruzó caminando hasta el Núcleo Radio Mil.

El Cuervo Valdivia detrás del cristal contaba la historia de la caída del Sacro Imperio Romano de Occidente en una versión muy particular. Le guiñó un ojo a Héctor y le hizo una seña para que lo esperase.

Recostado en un sillón ante los mandos de la cabina de sonido, Héctor esbozó los últimos elementos del plan. Entró a la delegación con el aparato de radio de trescientos pesos bajo el brazo, el bastón abriendo el camino y marcando el paso. Cojeaba un poco más y la pierna se resentía del cansancio del ballet dinamitero de la noche.

—¿El comandante Paniagua?

Un oficial uniformado le señaló una oficina.

Héctor entró sin tocar. En torno a una mesa redonda siete u ocho policías de civil tomaban café y panes dulces.

—Con permiso —dijo el detective y buscando un contacto conectó la radio… Buscó la estación y puso el volumen al máximo.

—¿Qué se trae? —preguntó un hombre al que reconoció como el chofer de Paniagua.

—¿El comandante Paniagua?

—Está en el baño… ¿Quién es usted?

—Un conocido. Dígale que se apure porque van a hablar de él en la radio.

Cuando salía del cuarto se cruzó con el hombre. Se quedaron mirándose un instante. Héctor sintió que el miedo le subía por la columna vertebral.

—Una pregunta comandante: ¿Estaba cómodo el asiento trasero del coche de Camposanto cuando él lo metió en la Delex escondido?

Sonrió y se alejó dando la espalda.

Era entonces cuando el hombre podía sacar el revólver y disparar. Y Héctor sintió en su espalda el lugar preciso donde entraría la bala. Tras él, el aparato de radio a todo volumen dejaba oír la voz pausada y seca, penetrante, de *el Cuervo* Valdivia.

…Es una historia de todos los días. La historia de cómo un comandante de la Policía Judicial del Estado de México, de nombre Federico Paniagua, mató a tres hombres para poder seguir chantajeando a una empresa…

Dejó el paquete en el escritorio del jefe de redacción de *Caballero* diciendo al salir:

—A ver si se atreven a publicarlas. Si no, véndanselas a una revista inglesa, o francesa, o métanselas en el culo…

Pero a fin de cuentas ¿no era la suya la misma impunidad que la de los otros? ¿No había podido tirar cartuchos de dinamita, balear pistoleros, volar camionetas sin que pasara nada?

Casi estaba por aceptar la tesis del tapicero que repetía una y otra vez: "En este país no pasa nada, y aunque pase, tampoco".

Porque sabía que después de todo quizá Paniagua sería encarcelado en medio de un buen escándalo de prensa, y que saldría dos años después cuando la nube se hubiera hecho polvareda. Y Burgos volvería al oficio porque siempre habría políticos que querrían nalga de actriz y actrices que caminarían la carretera de la cama continua. Y el escándalo de las fotos sería resuelto con lana de por medio; y al fin y al cabo él lo único que había hecho era enriquecer a un nuevo intermediario. Rodríguez Cuesta se repondría de la mandíbula rota y seguiría contrabandeando. Y habría más maricones escondiendo su situación detrás de fachadas de tecnócratas, y los pinches muertos eran eso: pinches muertos de tumba solitaria. Y la huelga había sido rota, y Zapata seguía muerto en Chinameca.

La cueva tenía luz eléctrica. Una reja de madera verde, de poca altura, apuntalada por piedras cubría la entrada haciendo de primera puerta. Una cortina roja deshilachada funcionaba como una segunda puerta. Entre una y otra, una jaula para pájaros vacía colgaba clavada de la roca.

—¿Se puede pasar?

—Adelante —dijo la voz cascada.

—Buenas noches.

—Sean también para usted —respondió el viejo recostado en el catre. Sobre los hombros traía una manta verde desecho del ejército, las botas descansaban unidas a un lado del jergón.

—Ando buscando a un hombre —dijo el detective, tratando de penetrar la penumbra con el ojo sano.

—Puede ser que lo haya encontrado.

—Dicen sus vecinos que se llama usted Sebastián Armenta.

—Cierto es.

Los ojos del viejo lo miraron taladrándolo. ¿Eran los ojos húmedos y persistentes de Zapata? ¿Eran esos ojos con sesenta años más y muchas menos esperanzas?

—El hombre que busco salió de Morelos en el año 19 porque ya no se le quería bien.

—Algo hay de eso… El gobierno no lo quería bien.

—Luego estuvo en el 26 en Tampico con un joven de Nicaragua que se llamaba Sandino.

—General de hombres libres, el general Sandino — afirmó el viejo.

—Contrabandeó armas para él en ese mismo año a bordo de una barcaza que se llamaba *Tropical*.

—Había otras dos llamadas *Superior* y FOAM. Buenos barquitos, dieron su servicio…

—Se llamaba por aquel entonces Zenón Enríquez, y era capitan del ejército libertador.

—El capitan Enríquez; *el callado,* le decían… Así es.

—En 1934 de paso por Costa Rica se hizo un pasaporte a nombre de Isaías Valdez para regresar a México.

—Isaías Valdez —repitió el viejo como confirmando.

—A mediados del año 44 entró a trabajar en el mercado Dos de Abril. Se llamaba entonces Eulalio Zaldívar. Gran amigo de Rubén Jaramillo.

—Gran amigo de un gran compañero, el último de los nuestros.

—Dejó el mercado en 47 y volvio a él en el 62, para irse de nuevo en el 66. En 1966 regresó el hombre al Olivar de los Padres y vivió de hacer reatas bajo el viejo nombre de Isaías.

—Estuvo en Morelos de 1947 a 1962.

—En 1970 un viejo que se llamaba como usted, Sebastián Armenta, llega a vivir a esta colonia, hace su cueva y vive de vender dulces a la salida de los cines de Avenida Revolución. Dulces de coco, alegrías, ates.

—Así fue.

—¿Conoce a ese hombre?

El viejo hizo una pausa, Héctor extendió un Delicado con filtro. El viejo aceptó, cortó el filtro con los dientes y se puso el cigarrillo por la punta de la boca, esperó que se lo encendieran y dio una larga chupada. Luego echó el humo hacia el techo de la cueva.

—Usted anda buscando a Emiliano Zapata —dijo al fin.

—Así es.

Durante un instante, el viejo continuó fumando, como si no hubiera oído la respuesta. Los ojos más allá de la cortina roja, en la noche cerrada a las espaldas del detective.

—No, Emiliano Zapata está muerto.

—¿Está seguro, mi general?

—Está muerto, yo sé lo que le digo. Murió en Chinameca, en 1919 asesinado por traidores. Las mismas carabinas asomarían ahora... Los mismos darían la orden. El pueblo lloró entonces, para qué quiere que llore dos veces.

Héctor se puso en pie.

—Lamento haberlo molestado a estas horas.

Extendió la mano que el viejo apretó ceremoniosamente.

—No hay molestia cuando hay buena fe.

Héctor cruzó la cortina.

Afuera. una noche negra, sin estrellas.